U0132888

世纪波
Century Wave

中层管理者，

是组织的中坚力量，只有造就卓越的中层，才能成就卓越的组织。

掌握中层管理智慧，打造高效的中层执行团队。

做领导满意的助手，做员工放心的领导。

中层管理者的行动指南

王 磊◎著

電子工業出版社

Publishing House of Electronics Industry

北京 · BEIJING

未经许可，不得以任何方式复制或抄袭本书之部分或全部内容。

版权所有，侵权必究。

图书在版编目（CIP）数据

中层管理者的行动指南 / 王磊著. —北京：电子工业出版社，2012.1

ISBN 978-7-121-15184-2

Ⅰ. ①中… Ⅱ. ①王… Ⅲ. ①企业领导学—指南 Ⅳ. ①F272.91-62

中国版本图书馆 CIP 数据核字(2011)第 238584 号

责任编辑：刘淑敏

印　　刷：三河市鑫金马印装有限公司
装　　订：

出版发行：电子工业出版社
　　　　　北京市海淀区万寿路 173 信箱　邮编 100036

开　　本：720×1000　1/16　印张：17　字数：202 千字

印　　次：2012 年 1 月第 1 次印刷

定　　价：36.00 元

凡所购买电子工业出版社图书有缺损问题，请向购买书店调换。若书店售缺，请与本社发行部联系，联系及邮购电话：(010) 88254888。

质量投诉请发邮件至 zlts@phei.com.cn，盗版侵权举报请发邮件至 dbqq@phei.com.cn。

服务热线：(010) 88258888。

推荐序

　　领袖在组织的成功道路上具有公认的重要作用，而领袖价值的重要一环在于对组织中层的发展！

　　人们已经习惯了一个认知中层的角度，那就是：中层承上启下，决定执行的成败。于是他们需要授权、绩效激励、培训支持。在这样的思路下，人们假设中层是事业的手段，是被驱动的对象，认为对中层的重视就在于加强培训、激励、信任和授权。这种管理思维最大的误区就在于把中层管理者排斥在了事业主人的圈外。

　　事实上站在真正领导艺术的高度，需要重新审视中层和组织与事业的关系。激励、培训、授权虽然都是必要的，但全身心的投入（这才是创造力的源泉）还需要自主的境界。因此拿到王磊这本书，第一点让我赞成的就是：它撇开了从组织和老板角度来谈中层管理者的重要性，而是转换到了中层自主自为的高度。

中层理想的处境绝不是被老板拥有，也不是被组织拥有，而是被事业拥有。在事业过程中实现自我，在事业过程中实现与组织的合而为一，这才是我们谈论人才发展、谈论事业忠诚的合理落脚点。

本书提供了中层干部发展的一条内在思路，那就是超越领导认可、物质奖励，而是全然通过自我修炼和对工作的投入来实现自我的成长。这一点貌似轻微的变化，其意义却是巨大的。因为当你对自我的认知聚焦在领导的认可，事实上你已经失去了自身的独立，甚至心灵的自由。而当你完全投入于工作，身心合一，你才真正变得完整，你的创造力才真正处于激活的状态。

我们知道老板的认可对任何下属都是非常重要的，但是把它作为另一个目的的结果与把它作为工作的目标，会把你带入完全不同的境界。因此中层的修炼不仅是职业功力的修炼，也是内在心性与品德的修炼。

王磊试图结合自己在企业管理培训方面的丰富经验，总结大量生动而深刻的感悟，帮助很多正在职场挣扎的中层经理获得解脱。书中涉及了从内心建设到职业素质发展的丰富方法、经验和建议，实在是难能可贵。

我确信这是一份值得的努力，也是有效的努力。

我在咨询工作中，早已深切体验到众多职业经理的痛苦与困惑。他们在为某种认可而郁闷、煎熬，他们在为某种奖励而日夜奔波，但使他们困惑的是随着年岁变老而与心中的目标和尊严渐行渐远。

解决人生和事业困惑的钥匙唯在自己。王磊这本书立足于自我突破！书中讲述的各项修炼不仅系统、全面，而且简单、实用，着实为一剂良药。

　　至于书中具体内容，我不在此续貂，希望不要破坏大家读书的兴致。但对于如何去读这部书，我贸然提几点导读建议：

　　第一，摆脱对认可的依赖，而内求于己。这不仅是为人的哲学也是真正的职场生存之道。

　　第二，通过承担责任，实现完全的投入。唯独在投入的状态下才可实现内在的完善，而承担责任便是良机。

　　第三，整合所有诸项修炼，去发现那份隐藏在背后的自我发现的真经！我在此提示读者，书中的内容绝不是无序的堆积，而是有着内在的有机结构。

　　第四，要不断地突破舒适区，实现自我可视化的成长。书中的内容虽然易懂却未必意味着马上就会，它需要你改变很多旧习。新习惯的建立是自我成长的一种标志。

　　好书在手，无须我在此多言，大家开始吧！

2002 年《经济观察报》中国经济贡献人物

2006 年国际管理学会、中国管理大会 卓越管理专家

Northhighland 国际咨询集团 大中华区 CEO

张肇麟 于丹蕨堂

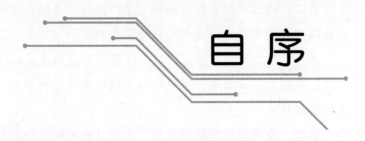

自 序

    一个组织的强大，其重要原因在于管理者的素质及其管理能力，如何快速培养并提升这一核心群体的管理技能已经是组织发展的头等大事，也是制约企业发展与壮大的瓶颈之一。

    10年来我们观察到很多企业都面临着相似的困惑：如何培养得力的中层管理干部，又如何发挥他们的创造力与领导力，以及循序渐进地复制出高效的人才梯队。因此我带着同样的问题，不断地进行着学习与探索，在陆续的启示、感悟、实践、总结之后，终于把这些思考与认识集中于本书当中，希望能对从事和即将从事企业管理的朋友们有所帮助。

    《大学》倡导"修身、齐家、治国、平天下"，当很多人觉悟到自己的管理能力远未达标的时候，往往会选择一头扎进书海中去寻觅

"真知灼见"。古人云"欲速则不达",修身是我们的起点,如何修?到底修什么最重要?为了能够实现"齐家、治国、平天下"的人生目标,还需要思考所修内容的顺序性以及用什么样的方式去修等更加深层次问题,只有能够冷静地先思考好这些问题,才能够确定我们人生前进的战略目标,因此在修身之前还需要有一个"正心"的过程。何谓"正心",简而言之,正确的人生观与价值观,并以此为标准起正心、动正念、行正路,也只有如此才能达到事半功倍的修身效果。

正心还将引导着自己修炼成一个具备管理技能并散发人格魅力的领导者,通过发出光和热,感召到一支志同道合的团队追随你,同心同德地和谐互助,这样的团队有动力、有愿景、有魅力,这样的中层更是充满了张力与活力,这样的人才当之无愧是企业的中流砥柱。

山间的清泉静静地流淌,如果你把脏了的手放进去,它会为你洗刷干净;你再把脚放进去,它也会为你清洗;即便你整个身体泡进去,流水仍然不会拒绝,而当你离开的时候,它更不会对你有任何的要求,水仍然会静静的流淌着。上善若水,之所以利万物而不争,靠的是博大的胸襟与仁爱的奉献精神,而正因为拥有了如此之德行,才具备了滴水穿石的超越"硬"的上乘功夫。

因为上善若水,所以厚德载物。

古人将"立德、立功、立言"视为"三不朽",面对这不朽的功业,也因此一直不敢轻易动笔。最后想来:将自己所知、所体会、所感悟的经验与心得拿出来与有接纳欲望的朋友分享,让他们在阅读中有些许收获,这将是对笔者最大的鼓励。最后要特别感谢张肇麟先生与黄圣博先生,他们不仅是我职业生涯中的导师,更开启了我的正心,并鼓舞着我勇敢地一路探索下去……

同时我还要将这份感谢送给以下几位同人,他们是:张巍、黄秀丽、董齐、王昌、龚岩岩，非常怀念曾经的共同岁月，感谢你们的辛勤付出与不懈努力。

鉴于能力有限，本书难免有不尽如人意之处，还请诸位读者海涵并指正，感激不已，先行个礼！

让我们带着一份清新与愉悦，让健康快乐幸福相伴，一起分享吧！

前　言

打造得力中层的一流领导力

在企业中，发挥最重要角色的是谁？有人说，老板是企业的领导层，离开老板的决策，企业无法具备远大的战略目标。也有人说，基层员工是企业的操作面，没有勤奋的基层员工就没有企业踏实的工作。

不过，对于大多数企业来说，中层管理者在团队中的角色，往往发挥着不可忽视的效能。

从小的方面来说，中层管理者的差距，能够带来企业具体工作效率和完成情况的差距；从大的方面来说，中层管理者的差距代表着整个企业工作效率和其他同行工作效率的差距。拥有优秀的中层管理者，意味着企业拥有强大的中流砥柱，支撑着整个企业的运转。

然而，中层管理者并不是天生的成功者，任何优秀的中层员工，都来自自身孜孜不倦的刻苦修炼，从平凡的表现，逐渐通过积累和磨合，最后培养出自己在团队中强大的工作能力。

本书正是为了指导身处中层的读者，而通过案例和论述，提供了充实、详细、精彩的学习方法，帮助你进行充分的修炼，以期早日成为老板所倚重的左膀右臂。

本书包括两篇共13章，阐述了成为中流砥柱的中层的重要方法。

修炼准备：本篇主要包括3章，从修炼前的心态、修炼前的准备和修炼中应该防止发生的错误入手，提醒读者本着"工欲善其事，必先利其器"的心态，做好充分准备，掌握必要条件，尽可能地解决修炼中的问题，从而提升修炼效果，达到修炼的目的。

修炼项目：本篇是全书的重要内容，分别从适应力、执行力、管理力、解决力、抗压力、合作力、沟通力、创新力、提升力和超越力10个方面，系统阐述了中层管理者在这些方面应如何进行有效而细致的修炼，从而获得能力上的显著提升。

相信通过这两篇的阅读，你将获得关于修炼和提升的明确思路，从中理出具体的脉络。

同时，本书还具备以下两大特点。

1. 特色案例，为你树立标杆或列举失败

每一小节都通过案例，或者列举出中层员工可能常见的错误，防患于未然；或者展示出中层员工努力取得的成功，借他山之石而攻玉。通过阅读这些案例，读者可以通过合理分析，得到其背后蕴藏的规律。

2. 浅显分析，为你指出明确道路

本书以浅显的分析为案例做出诠释，不再使用抽象枯燥的专业术语来对管理学理论进行表达，而是努力使用生活化的语言，贴近现实的方式，为你指点修炼的途径，使你获得正确的发展之路。这些论述

针对性强，结合案例，同时尊重中层员工工作的实际，既有理有据，高屋建瓴，又条理清晰，言之有物。

通过在实践中感受管理工作的真谛，再用修炼获得的经验来影响工作，最终，你将能够不断提升自身的管理技能和知识，不断获取越来越多的修炼机会，受到越来越多的欢迎，扮演越来越重要的角色。

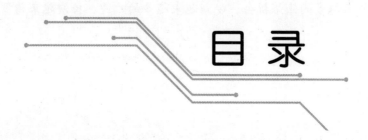

目 录

第1篇

修炼准备：最得力的中层离你多远

第1章

企业为什么需要中层

中层是企业里最忙碌的人群，

他们承担着不同的压力，肩负着来自各方的期望。

中层究竟为何而存在，又为谁而工作呢？

努力的意义指向何处，发展的前景又在哪里呢？

本章将同你一起走进中层，揭开这些问题的答案。

1.1　高层没时间，没精力

企业的管理为什么不可能全部靠高层

- 高层是战略层面，负责全局
- 高层不可能每天近距离地接触一线员工
- 高层不可能拥有所有和企业相关的专业知识
- 高层没有具体管理一切细节的时间

埃及的金字塔世界闻名，金字塔的塔尖总是高高耸立着，最先出现在人们视野可及之处，然而，没有脚下坚实的基础，这些塔尖不可能单独取得如此的成功。

瑞士的钟表同样也举世无双，一架好的瑞士造座钟可以走几百年而不出差错。虽然最重要的核心在于其内部的发条机芯，但是，没有配合其不断运转的精准齿轮，恐怕光靠发条机芯控制出如此的精准度，也是一种空想。

我们所身处的现代企业制度，就是金字塔和钟表——它们的辉煌、宏伟，不仅仅来自峻峭的塔顶，更来自塔底众多的巨大条石；它们的精确、协调，不仅仅来自机芯，更来自各安其位紧密配合的齿轮。

这些条石和齿轮，就是企业管理所依赖的中层干部，他们所完成的一切，高层并没有时间和精力去亲力亲为。

高处不胜寒——必须有人帮忙

庞先生刚刚创业的时候，手下只有七八名员工，大家紧密抱团，运作企业，各自做好自己的事情，庞先生从生产到销售到售后，哪里需要就做哪里，身先士卒、亲自带队，因此才开创出今天上百名员工、年利润几百万元的大好局面。

不过，庞先生内心并没有创业时的快乐。随着企业的发展，他感到自己亲历亲为的管理模式越来越不适合当下的环境。不仅仅是管理方式上，甚至是他老本行的生产业务，他也发现有很多新的技术因素出现，而他作为高层，这些新的东西他无法在第一时间掌握透彻。

有时候，庞先生也想像以前一样深入基层，走到生产第一线去管理工作，不过，无休止的会见、电话、谈判总是等着他，他根本抽不出一段完整的时间来潜心了解具体的生产和管理上的现实状况。

看来的确需要培养一支强大的中层管理干部队伍啊，庞先生有点后悔当时只是一味地注重扩大生产规模、追逐利润，却忽视了自己必须有人帮忙的现实问题。他开始重视培养中层干部。

然而，原本就是家族式管理的企业，并没有多少得力的专门管理人才，不是刚毕业的缺乏经验的大学生，就是只有经验却缺乏现代管理知识的老员工。庞先生焦急地连续失眠——怎样才能发现合格的中层管理者？

终于，他通过了解和考察，决定适当打破家族管理制度，从基层老员工中提拔了几名中层干部，作为他的左膀右臂。这样一来，身上的压力才感觉减轻了不少。

案例中的庞先生曾经依靠凡事亲历亲为，而在企业发展的初期尝到甜头，领导的示范和监督，在小企业的运作模式中，往往起到关键作用。比如，强化员工责任意识，明确员工岗位作用，增强员工信心，塑造企业良好的形象，等等。

不过，企业发展到一定程度，小企业逐渐向中型企业成长时，随着员工增多、市场扩大、生产任务繁重、生产环节增多，这样的管理模式会逐渐暴露出其内在的缺点。高层亲力亲为的可能被压缩到最小，并感到强烈需要中层的帮助。

"疾风知劲草"，这种环境下，中层管理者将开始作为企业的中流砥柱出现在人们的视野中。

 准备项目

1．理解高层的困境

中层管理者应该理解高层的困境。

从地位上来说，你能接近老板，看到他们的压力和付出；从工作内容上来说，你明白决策和管理是比起流水生产线更重要的工作，在这种岗位上一步走错满盘皆输。因此，你应该理解老板的困境，不要忽视他们实际存在的难处，更不要以为"企业是他的，做好做坏都是他的事情"。

能够理解高层，你才会意识到中层的职责，才能开始修炼的过程。

2．看出高层的需要

仅仅理解高层还不够，你应当看出高层的需要。高层所处的位置，让他们没有足够的时间去观察内部细节，去处理琐碎问题，但他们又深知这些方面对于整体发展的重要性。因此，他们求才若渴，希望能有如臂指使的中层管理者来帮助自己解决精力时间不足带来的现实矛盾。

如果能以高层的需要作为自己行动的准则，你将会逐渐成为一名合格乃至优秀的中层。反之，你会连自己为什么坐在这个位置上都无法理解，更谈不上充分履行自己的职责了。

3. 摸透高层的内心

更优秀的中层，他们不仅能理解高层的困境、看出高层的需要，更能够摸透高层的内心。在幕后，他们辅佐高层解决任何可能存在的问题，而幕前，他们表现得谦逊低调，让高层享受人们的掌声和鲜花。高层掌控的是战略全局，代表的是企业集体，扮演着他们需要扮演的角色，这种每位老板都梦寐以求的状态背后，中层的努力和通达，发挥了重要作用。

 准备要点

（1）高层的需要，往往代表着企业发展的阶段。当高层需要一支强有力的中层管理队伍时，说明企业正经历重要的转型阶段。

（2）当高层发现自己缺少帮助的时候，正是中层最容易被选拔的时候。你的任何一次出彩的工作表现，都会引起上司的注意，并把你放到更高的位置。因此，知道利用高层心理实现自己的目的，是中层必备的能力。

1.2 基层也需要核心人物

为什么基层需要核心人物

- 基层需要经常提高士气
- 基层没有太多机会了解公司决策
- 基层工作忙碌，往往缺乏大局观
- 基层人数众多，可能会出现矛盾

任何企业，不可能有了资本和管理人员就可以盈利生存，如果缺乏一支充满工作热情、富含凝聚力同时明确公司短期计划和长远目标的中层管理者队伍，那么，高层的一切战略意图都将无法贯彻实施。这种"头重脚轻"的人才结构，将使得企业整体的运转发生畸变，导致所有的努力都会变成无源之水、无本之木——高层的决策得不到有效的配合和实施，而基层员工更找不到团结的核心，理解不了工作的方向。

因此，中层对于高层来说是助手、是依靠、是发力点，而对于基层来说则是核心、是方向、是领军人物。

马首是瞻的力量——核心位置在中层

关于究竟是面向 A 区域还是 B 区域开发业务的讨论，已经进行了一个多小时。H 主管的团队，分成两派意见，各自有各自的看法。

一种说法是，A 区域地处市区中心，地段好，店面多，销售能力强，消费者流量大，而 B 区域则在比较偏僻的区域，销售力相比较弱。所以应该选择 A 区域。

另一种说法是，A 区域内部产品已经接近饱和，同时，进场费要求高，而 B 区域产品还不充实，正在谋求扩大品种，进场费要求也低一点。所以应该选择 B 区域。

争论一直没有停止，两方始终无法说服对方，最终销售小组成员把目光投向 H 主管，希望他给予一个定论。

H 主管听取了两派的说法，认为表述得各有各的道理，但是，他知道公司今年的任务并不是一味地提高短期销售量，而是强调扩大市场长期占有率。基于这点考虑，他向手下们重新强调了公司的规划，并分析当前面临的情况，用大局意识统一了大家的观点，提出选择 B 区域的方案。即使面临短期利益受损，也要符合公司的长远规划。

由于 H 主管的解释简要有力，解决了所有心存疑虑的员工想法上的问题，因此，大家很快达成共识——向 B 区域开展业务为主。

会后，H 主管还专门找了几名员工交流。对于原来提出向 B 区域发展的员工，他给予了再次肯定和支持，对于原来意见不同的员工，他肯定了他们原先的想法，并解释了自己的观点，消除了可能存在的内心分歧。

在这样的工作下，最终，H 主管的团队顺利完成了年度业务开展计划。

在员工们无法达成共识，产生意见分歧，并成为进一步执行决策的矛盾和阻碍之时，主管的思考作用和核心作用就应该充分发挥，为员工们分析现实、判断背景，并选择最有效的道路。

H 主管在解决这个问题的过程中发挥了很大作用：首先，他通过自己成熟的工作经验、对公司决策的充分理解，以及对现实情况的仔细剖析，提出了正确的解决方案；其次，他从大局出发，成功说服了持反对意见的员工，将由于各自看法不同而站在矛盾立场的手下，重新捏合成一个完整的团队，从而很好地履行了自己的工作职责。

 准备项目

1. 基层员工的情况需要有人了解

公司内部如同一架运行协调的机器，其中任何零件都需要及时地检修。基层员工人数众多，情况也会各自不同，产生大大小小的差异。如果企业缺乏必要的渠道了解基层员工的不同情况，也就难以掌握细节过程中人的主观因素。

因此，中层管理者的作用首先体现在了解基层员工的状况上。中层像企业内部无数的观察窗口，通过他们，企业将毫不费力地观察到员工的各自特点、变化轨迹。

2. 基层员工的矛盾需要有人处理

基层员工之间需要配合的工作多，工作任务重，强调团结协作的同时，也难免会出现各种各样的矛盾。如果不能解决好这些随时会爆发的小矛盾，那么就可能导致"千里之堤，溃于蚁穴"。

中层管理者正是这样一种黏合剂，能够把无数微小的矛盾弥合在萌芽的初期，从而防止因为不必要的内耗而降低工作效率，影响最终的工作结果。实际上，这样细致的工作，必须由经常同基层员工身处工作第一线、共同面对工作困难和矛盾的中层管理者来完成。

3. 基层员工需要被管理，也需要被发掘

中层管理者是管理者，也是指导者和发掘者。从这个意义上来说，他们不仅是"领导"，还是基层员工的"老师"和"伯乐"。对于其中错误的想法和做法，不仅要能够批评禁止，更要学会分析教导帮助，防止再次出现。对于其中优秀的表现，中层管理者应该能做到赞扬和强化，从而巩固基层员工工作中表现出的优点，最大限度地开发他们的实际潜能。

只有同时做到以上这三点的中层管理者，才能满足基层员工的实际需要，同时，在此过程中，中层也是在为企业做出自己位置上最关键、最重要的贡献。

准备要点

（1）中层在基层眼中是领导，但是，如果真的像高层那样仅仅从战

略层面上指点基层，而不会从对方需要入手，解决思想问题，那么一定会影响自身的工作进程。中层应该锻炼出属于自身的管理方法，既收到理想的工作效果，也不至于妨碍团队的凝聚力。

（2）中层工作的环境中，必须学会权衡基层的不同意见，吸取其中正确的看法，化解其中不利的因素。既然中层属于基层的核心，就应该将所有手下员工紧密团结成为一个集体，表现出对其中任何人存在工作因素之外的偏向，都是不合理的。

·1.3　特殊的位置要求

为什么团队会需要中层

* 团队需要有脊梁
* 团队需要有网络
* 团队需要有层次
* 团队需要有平台

每家公司都是一个大型团队，任何团队都需要有领导者，领导者是旗手、是灵魂、是决定发展方向的大脑，也是体现团队特点的标志人物。

不过，仅仅有领导者是不够的，一个团队要想获得持续长久的生命力，还需要有坚实的脊梁，这正如同健康的人体不仅要有智慧的大脑和健康的躯体，还需要良好的神经系统一样。中层这一特殊人群，在团队内扮演的正是这种角色。

我们经常在互联网看到某某著名公司 CEO 离职的消息，抑或某某集团又发生了人事变动的新闻，但是这种事情，通常并不会带来该公司的迅速没落。其背后的原因正是在于公司内部存在着一支坚强的中层管理者，他们在各自岗位上努力工作和奉献，因此，才搭建出团队内部成熟的管理网络和支撑架构，形成良好的运转态势。

位置的力量——中层岗位的独特价值

董事长的侄子周凯从海外名牌大学毕业回国，进了集团工作。当人们纷纷猜测他究竟会担任哪个部门经理甚至会不会直接出任副总的时候，董事长只是给了他一个普通的质检小组主管的位置。

周凯心里明白，这是董事长对自己的一种考验，想看看自己能不能真正融入这家前身是家族企业的公司，并且从中层岗位上读懂企业的核心文化，真正变成"企业的人"。

于是，周凯像一个普通中层管理者一样，开始忙碌起每天的日常管理杂务。

由于以前没有接触过实际产品，他并不了解产品的特点，于是，他先从书本继而从实践中研究产品的特性，自己请教老师傅，研究产品生产过程中可能存在的问题，探讨质检过程中应该预防哪些风险。

对于手下的质检员，他建立严格的考勤制度，所有人的表现同月底考勤奖金挂钩，整个质检小组的表现会影响到月底整体绩效。由于周凯的公正无私，质检员们都不敢怠慢，纷纷正视自己的工作。

在质检小组主管位置上待了一年，周凯的小组成为企业内最优秀的团队之一，员工们发自内心地佩服他。董事长打算把他升到高一点的位置，不过，周凯自己提出来，想去市场部做一段时间销售主管，让自己接受更多的锻炼……

其实，如果按照家族式企业的管理模式，周凯本来可以一跃进入较高的管理层，但是，他为什么选择暂时放弃，而非要在中层位置上待更多的时间呢？其实，中层磨炼人，中层出人才，这才是很多著名管理者真实的经历所提供给我们的宝贵经验。

准备之道

1. 中层是需要稳定的岗位

一名高管的离职或许会具有轰动的新闻效应，但是，对于企业来说，其真正的伤害程度，必定比不上中层的混乱和纷纭。中层位于金字塔的中部，处于连接部位的敏感位置，也是整个企业的重心所在。

每个发展正常的企业，无不重视自身内部的稳定、协调。具备稳定的中层团队，会是每个企业生存发展的需要。想要在中层岗位上做出一番事业，就一定要明白这个道理，耐得住寂寞、守得住平凡，成为默默无闻而又甘于付出的基石。

2. 中层是讲究配合的岗位

如果说高层员工可以靠一己之力来改变企业发展，那么，中层管理者崇尚这样的个人英雄主义，就显得多少有些不切实际了。

中层工作岗位需要相互之间的理解和配合，需要妥善处理平级之间的个人利益，均衡部门之间的局部利益，从而达到互相共赢的局面，最终形成集体的发展和获益。反过来，企业也需要有中层管理者这样配合为主的团队，才能够保持目标统一、步调一致。

3. 中层是最好的人才锻炼平台

有生命力的企业总是在不断地从基层挖掘人才，而不是坐等人才出现，因此，中层管理岗位就是最好的人才锻炼平台和后备宝库。

当基层的员工表现出色需要被提拔的时候，中层岗位将是一种行之有效的奖励。同时，中层岗位又能够作为一种继续锻炼和考察的平台，为企业想要的人才，提供更多的试用机会和磨合环境。

 准备要点

（1）想要做好中层岗位的工作，就应该明白中层岗位对于企业的意义。中层并不是一个出风头的岗位，更不是一个完全体现你个人能力的平台。它需要的是默默奉献，勤于联络，它不仅仅需要你个人的付出，更看重你身边团队的能量。因此，越是受到好评的中层，越是善于利用自己的努力带动出他人的潜能。

（2）中层岗位是一个锻炼和检验的平台，因此，要敢于面对不同的压力，在你的岗位上承受更多的考验。既然成为一名企业的中层，你就应该明白，在这个位置上面对的一切困难，都很可能是一次考试、一次检验，也有可能你通过了所有考试和检验，依然要留在这个岗位上。只有充分喜爱这个平台的人，才有资格继续留在上面接受磨炼。

第 2 章

什么样的中层最得力

得力的中层——老板满意的下属，

得力的中层——员工放心的领导，

全力打造自己的思考模式，以成为更加得力的中层，

你会因此获得更适合的发展机会和平台。

2.1 中层的三大境界

中层需要拥有怎样的三大境界

- 简化复杂问题的境界
- 抽象具体问题的境界
- 顿悟日常问题的境界

什么样的中层管理者，才会成为老板眼中的得力助手，成为员工心中的放心领导？

能力强、业务好的人，当然是这个问题的首选答案。然而，中层工作的意义并不仅仅在于实际工作的操作能力、个人的业务素质水平，更大程度上来说，个人思考的境界，决定了中层将来发展的方向。

思考更深远的中层管理者，他更加擅长把复杂的问题简化，更加擅长把具体的问题抽象，更加擅长通过顿悟来领会日常问题背后的原因和实质。而达不到这些境界的中层，他们往往忙碌于琐碎的细节问题，或者过度依赖自己的"行动力"，却忽视了自身眼光的培养、心态的修炼，以至于虽然忙忙碌碌，却始终拿不出什么好的成果，更无法让领导和下属产生足够的安全感和依赖感。

因此，在拥有强大的工作能力基础上，全力打造自己工作中思考的境界，是每个中层管理者应该努力追寻的目标。

境界，决定中层的基本素质

H 公司的市场部有两个小组，张恒和袁飞分别担任两个小组的组长。

市场部的工作很多，不仅需要继续跑销售、扩大业务，还需要回访已有的顾客，并展开新产品的前期市场调查。

张恒每天来到办公室，总是先花十分钟思考，这期间并不去做任何具体的事情，而是把今天打算完成的工作写在纸上，然后合并相同类型和意义的工作，安排自己认为适合的人选；再根据紧急程度和意义，来排出时间顺序。做完这些事情以后，他再通过简短晨会的方式，布置一天的工作任务。

而袁飞则与之不同，他是特别强调行动力的领导，认为一切过程都要做得快才行。每天一到办公室，他总是立即询问今天有哪些事，然后当场命令下属去完成。大部分情况下，下属也的确可以完成任务，也会产生人员和任务无法妥善安排的情况，袁飞就总是自己出马。看起来，工作完成得也不错。

然而，半年下来，在业绩统计数字上，张恒的工作小组完成的业绩是袁飞的两倍，张恒不仅受到了领导的赞扬，也更加为拿到高额分红的下属所信任和爱戴了……

案例中的张恒，作为中层的工作境界明显高于袁飞。他不仅是在运用个人的工作能力，更会通过简化、抽象和顿悟，看出问题的实质，激发团队的最大潜力，从而以最有效的方式来解决问题，收到最有效的效果。

而袁飞看起来工作节奏快，也能够完成任务，但是，由于作为团队领导的他没有足够的思考境界，只是把眼光放在具体工作的步骤上，因此即使完成，效果也不尽如人意，以至于最终在业绩统计上，完败给自己的同事。

可见，思考境界不仅仅决定了每一件工作的完成情况，更决定了中层长期工作目标的实现。

 准备项目

1．简化境界——不越搞越复杂

中层管理者不再是每天只需要着眼于自己领域工作的基层员工，不再是只需要干好自己事的局部操作者，而是面临着一个团队所面临的困难，思考着一个团队所思考的问题。因此，中层需要关注的对象，不可避免地变得复杂起来。

这种复杂，既是一种挑战，又是一个机会。

想要应付这种挑战，拿到这个机会，就不应该被眼前看似纷纭繁复的人际脉络、利益牵扯、数字高低、大小差别等因素所扰乱，而要学会看出问题的核心实质，从而把复杂的问题简单化。更要学会随时总结工作，及时地把任务分为既有的类型，从而在下次面对的时候能够迅速简单地找到应对之道。

2．抽象境界——不疲于奔命

抽象其实是一种更高层次的简化，它不仅要求中层能达到把问题分类、把工作分类的境界，还要求中层会把具体工作抽象成为易于表述和思考的内容，从而更好地向上级反映、向下属贯彻，也更好地帮助中层思考和解决。

比如，有的下属反映，经销商进货频率太慢，另外有的下属反映，自己负责的经销商对不同产品的态度完全不一样，还有下属反映，自己有的产品销售很顺利，有的产品则销售停滞不前。

针对这些问题，通过中层管理者的抽象，可能会发现销售体系本身中存在的问题——不针对经销商具体特点提供产品。

如果能在这样的思考境界下指导工作，那么，当然会有所突破，改变原来的困境。相反，如果不能达到抽象思考的境界，忙于头痛医头、脚痛医脚，一听说有什么问题就去动手解决，而不想一想这些问题背后的关联，那么，工作效率可能会始终提高不了，而问题也会越解决越多。

3. 顿悟境界——不盲目思考

顿悟是在长期的简化和抽象思考境界中磨砺出的一种境界。拥有顿悟境界的中层，他的思考效率是高于其他人的，也决定了他的业绩最终必将高于自己的同行们。

通过长期的简化和抽象，中层已经具备了足够丰富的经验来面对问题，他能够在更短的时间内看出别人眼中棘手犯难的问题的核心，然后凭借经验提出解决之道。

顿悟并不神秘，其实只是一种习惯、一种经验。然而，顿悟境界却又很难达到，许多中层之所以遇到了发展的瓶颈，就在于他们始终触碰不到这种境界的边缘，长期徘徊在解决问题的具体环节上，痛苦不堪地应付每天的工作，为久久不能提高的工作业绩而揪心。

 **准备要点**

（1）要有足够的时间让自己从大局思考工作。如果作为中层没有思考、安排的习惯，就不会养成简化和抽象的习惯，乃至于无法达到更高的境界。

（2）行动之前和行动之间，要随时注意判断和领会，想得越多的中层，收获越多，离达到擅长顿悟的境界也就越近。最终，通过长期刻苦的"练习"，你会达到快速领会老板和客户要求的中层最佳境界。

2.2　中层的三大职责

中层的三大职责

- 承上启下
- 承前启后
- 承点启面

有了思考境界的提升，中层应该关注自己如何履行好工作职责。

由于在企业内部的特殊位置，介于管理者和操作者之间的中层，更多面对的都是带有衔接性的工作任务。这些任务既不是单纯的统领大局，也不是简单的程序操作，它们不仅需要中层既有着见微知著的细致工作能力，也同样需要具备高瞻远瞩的全局思想。一句话，中层的职责在于承上启下、承前启后、承点启面。

"上下"——指的是企业内部管理层和操作层之间的联系，由于具体的行政级别不同，中层的上级和下属平时接触并不多，保持上情下达和下情上达的清晰明确，是中层应该肩负的责任。

"前后"——指的是为客户服务的顺序，也指中层所处岗位职责的连续性。前者需要树立为客户服务应该是"一站式"的理念，而后者需要你看清楚自己所处的岗位属于企业，而不仅仅是你个人的平台。

"点面"——工作全局中，你所处的只是一个点，你完成的工作也可能只是一个点，而如何将你的"点"融入企业的全局考虑，就需要你切实履行自我职责来完成了。

认清职责——履行中层工作任务的关键

曹斌是公司人事部的主管，最近，他听到公司内部在悄悄传播的一个小道消息：销售部的得力员工彭涛，接触了竞争对手N公司。据说是因为彭涛不满于长期无法升职，打算借机跳到N公司。如果彭涛这么一走，肯定会对公司客户源产生很大影响。

曹斌心想，作为人事部的主管，如果对这种事情听之任之，恐怕是自己的失职。于是，他找到合适的时机，向老板报告了这件事，并且站在彭涛的角度，表达了实际情况，当然，曹斌也为老板找了足够的台阶，说以前不予升职那是在考验他，建议现在考验可以顺利结束了。老板当然明白曹斌的意思，表示打算考虑一下。

接着，曹斌又抓住机会和销售部的主管K通了气，没想到他也在为这事情烦恼，又不好直接找彭涛谈，正急得没辙，两人很快在这件事情上达成了一致。

最后，曹斌特意请彭涛吃了一次饭，把老板的意思先透了点口风给他，暂时稳定住了彭涛的情绪。

不久之后，公司的任命决定出来了，彭涛调到重要岗位上担任主管，同时上调年薪。一场离职风波，因为曹斌的协调而顿时烟消云散。

曹斌发现问题以后，虽然上级还没有明确表态，甚至可能都不知道这件事情，但是他仍然能肩负自己的职责，主动联系上级、平级和下属，起到折中调和的作用。最终，因为曹斌发挥了自身的职责和力量，才弥补了可能给公司造成的损失。

 准备项目

1. 承上启下，保持上下通畅沟通

中层如果不能积极履行自己的职责，成为上下情况沟通的重要渠道，那么，很有可能造成上下两方交流的堵塞，导致上级失去观察下情的"眼睛"，而下属失去向上呼吁的"嘴巴"。

因此，在肩负上下沟通的职责时，中层不要抱着个人利益不放。总是想着"多一事不如少一事"、"与我何干"之类想法的人，没有能力扮演好中层管理者。只有把上级的困难当成自己的困难，把下属的困难也当成自己困难的人，才有足够的搭档和勇气去做好中层的工作。

2. 承前启后，发展性地看待工作

工作是一个完整的流程，限于中层的能力和权限，不可能从头到尾参与整个企业所有工作，更不可能对整个过程负责。但是，你可以通过自己对工作的观察，保证整个工作进程的效果。

其中最重要的是，要学会"一叶知秋"。某些情况下，在自身的工作过程中体现不出来的问题，或者影响较小的问题，却会影响到全局进程。此时，中层应该学会变化和发展的看待问题，提出自己的见解，争取通过有效沟通，争取能在自身工作进程和权限范围内，就解决问题的苗头。

3. 承点启面，把本身工作放进全局考虑

每个人的工作对于企业来说都只是一个点，即使是部门领导，负责的也只是企业架构中的一个大点。但同时，一个小小的部门，也是作为一个面而存在，如果只布置笼统的决策，势必会影响整个工作发展。

因此，中层既要处理好自己工作中的点，将之放进企业的面中去观察和思考，也要学会把上级给的政策铺开，落实到每个下属身上，组成一个独立的面。

 准备要点

（1）牵涉承上启下的工作环节中，要注意协调和衔接，既不能过分倾向于某方，也不能过分偏颇，甚至成为某方的"代言人"。如果丧失了中层独特的公正中立性，就会给自己的职场形象和工作角度带来不利影响。

（2）在承前启后的工作中，还应该注意对前任工作的总结和借鉴，不要一旦新任就大改特改，对前任制度措施一律推翻否认，也不要始终认为岗位就是自己的私人领地，从不注意培养有能力继承工作的下属。

2.3 中层的三大内伤

中层的三大内伤

- 心态浮躁，眼高手低

- 推卸责任，缺乏老板意识

- 学习能力欠缺，满足既有成绩

中层管理者并不缺乏实力，没有工作能力的人不可能被老板看中委以重任；中层管理者也并不缺乏理想，没有理想的人，也不会从基层脱颖而出，成为小集体的负责人。那么，究竟是哪些内伤，妨碍了中层管理者的进一步发展，导致其在工作岗位上一做几年甚至十几年，而且并没有达到老板想要的成果呢？究竟是什么样的隐疾，让你无所建树，或者感到自己怀才不遇呢？我们不排除客观因素，然而，最重要的是，你是否具有下面的三大内伤。

（1）心态浮躁，眼高手低。有的中层管理者想法高远，动辄想在自己的工作岗位上突如其来地成就一番大事业，创造一番大业绩，然而，有这么高远的想法，却并没有可以实现的手段。因此，这样的中层看起来雄心勃勃，"心比天高"，往往却落得一个心态失衡、"命比纸薄"的现实境遇。

（2）推卸责任，缺乏老板意识。有些中层管理者往往不能接受自己的错误，一旦犯错，想到的不是改正，而是利用已有的地位或权力进行推脱。比如，推给下属，推给平级，推给客观环境。也许一次两次的推脱老板并不会在意，但是，一旦让老板发现你的这种"打工意识"，他会毫不留情地请你离开现有的岗位。老板需要的是具有"老板意识"的中层管理者，是自己的耳目和手臂，而不是企业的一名普通打工仔。

（3）学习能力欠缺，满足既有成绩。还有些中层管理者，觉得自己升职无望，而能力和人脉又到了瓶颈期，另外，他们依靠以往的工作业绩，收入不菲、地位看起来稳固。因此，他们选择了逃避继续奋斗，躺在旧有的成绩上"享受"。这样的状态即使能维持一段时间，最终还是会被无情的规则所抛弃，被市场所淘汰，甚至会影响企业整体的发展和生存。

内伤——妨碍中层进步的瓶颈

大张在中层干部位置上干了五年了，一直以来他都想着怎样升职，然而，看着同自己一起进公司的同事要么跳槽去了更好的地方，要么升职加薪，而自己依然在做普通的主管，大张的心态发生了严重的偏倚。

随着心态的改变，大张不再像以前那样卖力工作。曾经干劲十足的他，现在越来越习惯于应付工作。对于上级的目标要求，他并不怎么向手下强调，摆出的态度是"能做多少做多少"，自己则经常以巩固客户关系为名，同仅有的几家客户频繁出入娱乐场所，不再谋求发展新的客户。

某次，领导安排大张前往Q城考察，带回来调查结果以供开发新市场用。大张很不想去，但是又不得不接受领导的要求前往。在Q城待了两三天后，他回来递交了报告，报告中把Q城描述成一个发展落后、消费欲望低的城市。领导对报告并不大相信，重新通过其他途径考察以后质问大张为何给出的报告不符合实际情况，大张居然推脱说是同去的实习生助手做的，领导很不满意。

不久之后，大张感到自己在公司地位每况愈下，只好辞职了。

大张的案例告诉我们，中层进步总会遇到一定的瓶颈，采取错误的心态和态度，并无益于你度过这样的困难时期，相反，用积极的心态、端正的态度、正确的习惯来应对，才能更顺利地通过职场上潜伏的艰难，走上顺利的坦途。

 准备项目

1. 调整心态，一名优秀中层需要稳定长远的付出

中层管理者应该积极调整好心态，要明白，企业需要你，并不是完

全需要你实现个人利益的雄心壮志，也并不是首先需要你自己"向上奋斗"的动机，而是需要你能在本职岗位上作出属于自己的贡献。只有你能踏踏实实、勤勤恳恳地在中层岗位上作出持续的特殊贡献，才会换来你自己想要的收获。

因此，中层管理者势必应该戒骄戒躁，不能因为一些成绩，就只想着自己个人的利益，忘记了企业团队的需要。更不能盲目追求自身利益，而忽视长远的需求。

2. 主动履行职责，不找应付上级的借口

履行职责是中层管理者应该完成的义务，如果在履行过程中出现错误，那么，你首先必须要做的是肩负起改正错误的责任、承担起相应的义务，而不是通过向外推脱来寻找应付上级的借口。

寻找借口的中层管理者，看起来似乎是聪明的，能够始终置身事外，其实不然，即使上司不做出明确的表态，在内心也已经认定了你的责任缺失，并非你的某些借口或推脱就可以改变这样的印象，相反还会加重得更多。

3. 加强学习，永远不满足于普通的成绩

作为中层管理者，学习的机会永远不能忽视。无论是同上级工作，还是和下属共事，包括和客户的接触，都应该是积累自身工作经验的源泉和机会。

和上级相处，你能够学到很多管理的经验；和下属共事，你会学到最新的技能和知识面；和客户交流，你会学会从另一个角度看待自己的问题。所以，中层应该不放过任何学习的机会，时时刻刻注意提高自己的知识水平和工作能力，永远不满足于既有的水平，而是不断向上冲刺，

争取更高。

准备要点

（1）心态的调整需要先进行冷静客观地自我反省。通过对自己日常行为的观察，判断自己是否存在心浮气躁的问题，从而及时改变自己看待得失、利益的习惯和态度，做到更加脚踏实地地努力工作，杜绝养成眼高手低的工作态度。

（2）学习的习惯，来自工作中主动探究的态度。中层管理者在工作之中千万不要因为越来越多的程序性工作和琐碎事务，变得越来越麻木，失去好奇心和向上的动力。记住，对自己所有不了解、不清楚的事情都要主动开口询问，做到完全搞清楚，这才是打造自己学习习惯的起点。

2.4 规章制度的"监督者"

为什么企业需要中层做"监督者"

- 规章制度是企业生产经营秩序的根本
- 规章制度只有落实才有意义
- 规章制度不可能完全靠基层员工自觉遵守
- 规章制度不可能由制定者亲自监督

"没有规矩，不成方圆"，任何企业的工作，都需要有内部严格的规章制度来维持进行。如果缺少相应的规章制度，工作节奏会被打乱，集体凝聚力将会离散，工作目标将会失去。因此，需要有力的监督者重视规章制度的执行，落实规章制度的实际意义。

中层管理者在规章制度面前，既应该是率先执行的模范，也应该是坚持落实的监督者。对于规章制度，中层管理者应该抱有坚定不移的信念，用公正公平的态度保证规章制度的全面贯彻执行。

一旦中层管理者在监督规章制度的执行上出现了某些偏移，影响了在团队内部的公信力，从大范围来说可能会影响集体工作的利益，从小范围来说会导致中层个人今后工作的不力。因此，保证规章制度的公平执行，是中层管理者基本的工作责任和义务。

监督工作——即使当"恶人"也必须履行的责任

小郑是广告公司的业务主管，下属只有老包、小刘和潘妹三个人。小刘负责市场调查、媒体联络，老包负责创意和平面设计，潘妹则是文案。

虽然公司制定了相关的规章制度，不过小郑觉得，小团队想要有充分的竞争力，中层必须和下属打成一片。于是他强调，赚钱才是最重要的，只要能搞到业务，不需要那么些规矩。于是，办公室里渐渐开始可以吃零食，可以上网看电影，可以聊家常，可以经常迟到早退。小郑有时也提醒大家注意点工作氛围，但是说话似乎开始变得没什么分量。

老板注意到了这个办公室存在的问题，对小郑进行了几次提醒，不过小郑想，既然工作任务没有耽误，老板也不可能怎么挑理。他照样执行着松散的管理，任由员工各行其是。

不久，公司开始下发年底绩效奖金。由于小刘拿的奖金分量最多，得意忘形的他不顾公司禁止交流奖金数额的规定，在同事面前炫耀起来。老包和潘妹自然受不了这样的"刺激"，开始风言风语。小郑渐渐觉得对团队无法控制起来。

新的季度结束，整个工作业务下降了不少，不久，小刘跳槽了，潘妹也打算辞职。老板对小郑的工作能力大为怀疑。

由于规章制度执行的不力，小郑的团队变得松散无力。最终受到影响的不仅是企业和员工，也导致小郑个人的事业发展遭遇低谷，成为失败的管理者和监督者。

 准备项目

1. 理解规章制度

想要监督规章制度的执行，中层管理者自己应该首先理解好规章制度。对于条款拟定的意义、具体的内容、执行的手段，都应该有充分的认识和理解。如果你自己对于上述方面的概念都不清楚，那么在监督执行的过程中，势必会产生不利的影响。

2. 重视规章制度

中层管理者自己应该带头重视规章制度。想要下属坚决执行的规章制度，如果中层管理者自己在内心对规章制度并不在意，当然不可能让下属重视起来。

按照心理学上的"不值得"原理，每个人对自己认为不值得做的事，都不会去做好。那么，假如中层管理者内心认为是否遵守规章制度不重要，那么，整个团队也必然受到这样的暗示影响，导致工作氛围的混乱和目标的丧失。

3. 刚性执行，柔性做人

对于规章制度，应该刚性执行，因为这关系到工作任务是否能顺利完成，工作效率是否能提高。而对于与下属的关系，应该柔性处理，并不应该只强调规章制度，而忽视人际关系的灵活处理。

实际上，"做人"和"监督"两者并不矛盾。中层管理者做好人，处理好同下属的关系，才能更好地带头执行工作纪律，反过来，做好监督工作，体现出自己的公平公正，也能更好地树立自身形象，成为集体中的团队核心，培养出更好的人际关系。

 准备要点

（1）执行规章制度，既应该强调对规章制度的理解，也应该强调同实际情况的结合。如果只能被动地从规章制度执行出发，削足适履，反而并不一定能取得良好效果。按照团队集体的现实情况，分析规章制度具体的执行过程和环境，才能找到最好的结合点。

（2）规章制度的执行，实际上就是人员凝聚力的捏合。因此，不妨把规章制度看做帮助你打造团队的一种工具，而不是一种单纯的管理手段。从团队出发，从共同目标出发，才能更好地执行规章制度。

2.5 企业文化传播与建设的"桥梁"

中层怎样做好企业文化的传播与建设

- 企业文化代表企业的灵魂
- 企业文化带来团队的凝聚力
- 企业文化打造员工的归属感
- 企业文化展示集体的形象

如果说企业的规章制度意味着整体框架的搭建，那么，企业文化就是企业的精气神，就是企业的灵魂。企业文化展示的不仅是作为企业整体的形象，更代表着企业内部每个人的荣誉。拥有良好文化的企业，对外能表现出团结一致，对内可以捏合起集体的工作能力。

在打造企业文化传播和建设的过程中，中层管理者扮演着重要的"桥梁"作用。中层管理者不仅需要在企业团队内部主动适应文化，还应该自发地传播和建设既有的文化，并注意对企业文化的发展和创新。同时，在一切细节中，中层管理者都应该努力体现出企业的文化，并将之融入进自身和每个员工工作的过程中。

企业文化的传播与建设——中层身体力行的重要任务

瞿云从 A 公司被挖到 B 公司担任客服部主管，她明显感到两家公司文化的不同：A 公司老板看中的是员工之间的竞争，通过激烈的竞争来促进员工的业务水平提高，瞿云在这样的环境中如鱼得水。而 B 公司则强调员工之间的配合，老板认为，不懂得配合的员工，难以靠个人做出什么大的业绩。因此，瞿云不断在工作中提醒自己，适应企业的文化，并参与传播与建设。

某次，瞿云带领手下几个成员参与一个售后调查项目。由于公司其他部门有急事，经过老板的批准，需要从他们这里借调人手。这下，手下的成员不乐意了，有的说，难道我们客服部工作就不重要，还有的说，把人都调走了，我们这边怎么工作。

瞿云并没有附和下属们的意见一起发牢骚，她镇定地说："公司是一个集体，今天他们需要我们的人，将来我们也可能需要借调他们的人。很正常啊。"然后她把多余的工作都搬到自己桌上，动手开始加班。

这下，下属们纷纷感到不好意思，主动提出来一起分担加班任务。在大家的共同努力下，多余的工作很快就完成了。翟云乘机说："一个团队，就是要像我们这样心往一处想，劲往一处使，才能创造业绩，对自己利益有最大的保障。如果因为一点小事就分崩离析或者牢骚抱怨，对自己对大家都没什么好处。"

通过这件具体的事例，翟云的团队成为公司最团结的部门，用实践传播和建设了企业的文化。

翟云不仅自己主动适应企业的文化，同时，还抓住工作中的机会，配合企业文化进行传播和建设。事实证明，结合具体工作中的行动打造企业文化，渗透企业理念，比起一味地说教效果要好得多，对于中层自身工作也有更强的促进作用。

 准备项目

1. 企业文化——中层管理者参与建设

任何企业的文化总是在发展和变化，不仅需要每个员工努力适应，还需要主动参与建设。在文化的建设过程中，中层承担着重要的先锋作用。

中层管理者对于企业文化的建设，可以通过如下步骤进行。

一是在完成具体工作的过程中。中层管理者在每个工作任务的完成过程中，都应该主动适应企业实际的文化，并结合同下属的相处、同客户具体的接触等细节，将之发挥体现，形成本部门的工作习惯和传统。

二是在对新员工的培训引导方面。每当有新人进入本部门，中层管理者首先应该强调的是本企业的历史和文化，树立新人对企业的归属感，通过感情、理念的认同，将企业文化渗透进入每个新员工的内心。

2. 企业文化——中层管理者参与传播

企业文化不仅需要建设和创新，还应该有具体而详细的传播过程。文化的传播本身是一个烦琐的过程，需要中层逐渐将既有文化带入工作过程。

通过一定步骤的方法，可以帮助中层管理者实现对企业文化的传播目的。比如，制定详细的工作计划，在既有的工作目标指导下，形成详细的传播方案。或者通过同不同客户的接触，逐渐打造出文化的不同传播平台。

3. 企业文化——中层管理者参与融入

企业文化并不仅仅是面向下属和客户的环节，同时也需要中层管理者个人的适应。

中层管理者作为个人，本身的教育背景、工作经历具有其独特性，因此，也不可能毫无缺点，更不可能没有同企业文化的冲突之处。因此，把握好对企业文化的融入，早日成为企业文化的一分子，才能便于中层管理者的工作开展。

在工作中，中层管理者应该努力解决本身工作习惯和企业集体文化的矛盾，打造好自己的工作习惯，给下属形成良性的示范。

 准备要点

（1）建设企业文化，一定要符合企业本身的特点。这就需要中层管理者能够努力弄清楚企业本身的背景，跟随企业发展变化，将企业的长远发展态势同部门的工作进程结合，形成文化架设的短期目标同长远目标。

（2）传播企业文化，可以运用更多的方法，找到更多的桥梁和路径。

过于单调的传播方式方法，会导致员工和客户感到枯燥和乏味，从而无法适应和接受企业的全面文化氛围，形成企业文化的传播失败。

2.6　得力中层的三大表现

得力中层的三大表现

- 本职工作稳定完成
- 平级之间协调沟通
- 面向下属树立形象

究竟什么才是得力的中层管理者？是只会埋头苦干的"老黄牛"，还是只会耳提面命的"监工"，抑或只会仿照上司的口气来说话的"传声筒"？其实，这些表现各自有其可取之处，但又有着其片面狭隘的一部分。真正的得力中层，应该是各方面都有其长处，能够令上司放心，让下属满意，使客户开心的中坚力量。

典型的得力中层管理者，有着其稳定的三大表现：

（1）本职工作——对于自身的本职工作，如拟订部门工作目标、从事部门管理、安排部门工作计划、协调部门内部合作关系等，中层管理者应该能够表现出充分的控制力，从中体现出自己缜密的工作思维、有序的工作节奏和强大的工作能力。只有首先是个好员工，其次才能成为一名好的管理者。在这样的规律下，本职工作的完成能力应该是成为得力中层的基础。

（2）平级沟通——平级之间的沟通协调，将会决定中层管理者的工作氛围。如果只会埋头工作和管理，不会影响周围平级对你的看法，无法打造出良好的人际关系，那么，再多的努力也可能因为不经意间的一两句话而付诸东流。

（3）下属带动——中层管理者主要的工作是影响和带动下属。对于不同的下属，要考虑到他们不同的想法和着眼点，采用不同的激励方式，鼓励他们发挥出潜力。如果不能想办法将自己的努力变成带动力，引导下属共同努力，那么，这样的中层管理者无疑是失败的。

得力中层——三大表现打造最好的员工

赵平从普通文员提升到了代理主管的位置，自然受到了公司上下的注目。渐渐地，风言风语也传出来，赵平知道是有几名资格老的主管不太认同他的提升，不过，他相信自己的努力会证明老板的提拔没有错。

于是，赵平在工作中加强计划性，无论任何项目，自己总是精心地安排好步骤，然后召开全体部门成员参加会议进行讨论。这种与众不同的方式，极大地激发了下属的自信心和活力，取得了一举两得的好处——既保证了计划得到了成员的支持，又获取了他们的良好印象。

同时，赵平在中层管理者群体内也注意自己的表现，由于是新提拔的主管，他并不过分地彰显自己的能力，而是强调业绩来自公司集体和各部门的配合，来自下属的努力。在工作会议上也是先听再发言，但是他的发言总是一针见血，直接点出问题的核心。渐渐地，赵平沉稳的表现受到了平级同事的认可，以前曾经表示不满的主管们也逐渐认可他的能力。

通过对本职工作、下属和平级之间正确的处理和对待，赵平用事实证明自己的确是老板可信赖的中流砥柱，不久，老板宣布给他调薪，正式任命他成为公司的中层主管。

赵平并非不知道自己的提升受到非议，然而，证明自己最好的办法不是靠语言而是靠行动。通过处理好各种矛盾、提升个人形象、展现个人能力、协调个人关系，赵平最终获取了全体成员的认可，成为一名获得好评的中层管理者。

准备项目

1. 立足本职工作，超额完成任务

本职工作是中层管理者始终不应该忽视的基础层面，是你在企业中得以生存的基础。不仅如此，你更应该在担任中层职位的初期，就充分体现出个人的工作能力，超额完成任务。

重视本职工作，超额完成任务，能够帮助你在带给老板惊喜的同时，在下属和同级面前充分体现出自己的个人能力，借以增强自己说话的分量，提升自己的职场说服力，培养出良好的第一形象。

2. 注意平级沟通，协调部门间关系

公司里的部门众多，作为一名普通的中层管理者，你势必要学会处理好对外关系，同其他部门紧密配合，实现无障碍的沟通和协调。

要想达到这样的效果，只知道埋头苦干，或者一味维护本部门利益，都是不现实的做法。你必须要注意同其他部门中层管理者的和谐相处、求同存异。虽然存在竞争关系，但是，要着眼于你们共同的利益和平台，并以此为基础加强联系，主动示好，及时承认对方的长处和自己的缺点，才能构建出充分的个人发展空间。

3．带动下属工作，用行动解决问题

仅仅靠中层管理者一个人的努力，不可能解决所有问题。同时，老板需要的也不是一个事必躬亲、自己完成一切工作的中层管理者，而是一个能够发挥黏合作用，担当"催化剂"的员工潜力激发者。

因此，中层管理者不要以为靠自己的个人能力就能实现一切目标，只有带动他人，激发下属，靠实际行动的示范和人际网络的经营，体现出集体的变化，才能成为强而有力的企业骨干力量。

 准备要点

（1）立足本职工作和带动下属并不矛盾。比如，仅仅靠个人的分析判断，拟定的本职工作计划或者步骤并不完美，这时候就需要下属的积极参与，更不用说其他需要团队配合才能完成的本职工作了。

（2）老板对你的印象不可能毫无感情色彩，不可能不受到你周围人的影响。因此，打造良好的人际关系，不仅仅是为了创造业绩，更是为了从氛围上暗示领导给出你"得力"的评价，形成"得力"的印象。

第3章

得力中层不可扮演的9种角色

或许你知道，得力中层是老板的左膀右臂，

或许你知道，得力中层是企业中重要的骨干力量，

但是，你知道得力中层不应该是什么吗？

不妨通过本章，让我们一起总结得力中层的9种角色误区。

3.1 员工代表：代表基层与上司谈判

"员工代表"的误区何在

● 成为员工个体利益的代言人

● 动辄以员工意见"挟持"老板

● 为员工出头，不惜顶撞老板

　　员工是企业的财富，而中层管理者则像守护者一样帮助老板发挥这些宝贵财富的功效，带来更多的业绩。

　　然而，中层管理者在日积月累地同员工相处中，有时候会不知不觉地代入错误的角色情感，形成自身偏倚的工作态度，任其发展，终将有可能走入"员工代表"的误区。其实，这恰恰是中层管理者事业发展中的大忌，也是很多老板最害怕出现的情况。

　　想要明白为什么自己的角色定位会发生错误，你首先应该明白中层为谁而存在。不同的老板需要不同的中层管理者，其目的却大都一致——为了更好地发挥员工的集体能量，更高地提升员工的工作效率。说白了，你始终是老板用来保证员工积极工作的一个角色，是老板布置在广袤棋局上的一颗棋子，你始终代表着老板进行管理，站在老板的立场上，而不可能成为基层员工的代表。因为无论在行政程序，还是在经济利益上来说，你都只有对老板负责，才能获取自己想要的东西。而企业也只有上下保持一致，服从老板，才能在激烈的市场竞争中求得生存和发展。

站好你的位置——别成为员工代表

石浦是公司里工作经验丰富的一位中层管理者，他从公司创立就跟着老板，因此常常被手下和其他年轻人笑称为"开国元老"。

某天，石浦接到老板的电话，让他去办公室一趟。他赶紧来到办公室，看见老板阴沉着脸，正在教训着手下员工小 H。小 H 抬头看见石浦来了，脸上露出一丝求救的神色。

"老板，怎么回事？"石浦问道。

"哼，这就是你手下的销售精英？大会小会说了多少遍，半年内严格禁止接触 V 市销售商，他竟然当耳旁风！现在 V 市的销售商把我们的底牌都摸清了，我以后怎么去那里做？"老板气呼呼地说。

石浦一下明白了，要说这件事情石浦也强调过，不过他知道小 H 需要钱，对于他偷偷摸摸往 V 市跑的事情，他也就睁一眼闭一眼。

老板打发小 H 出去，说下午再宣布他的处罚。小 H 哭丧着脸走了。石浦感到于心不忍，跟老板先是解释了自己的责任，然后开始为小 H 求情，说他家庭条件困难、业务量不大、最好少处罚点儿以观后效，等等。没想到，老板本来快消的气又被点燃，狠狠批评了石浦一顿，说他自以为面子大，不仅对手下人放纵，居然还袒护起来了，那这家公司究竟是谁的？

最终，小 H 被扣除当月工资，而石浦也让老板觉得越来越看不惯。找到机会，老板用其他主管顶替了他的位置。

石浦没有站好自己的位置，没有帮助老板管理好员工的工作，特别失策的是在老板气头上为犯错的员工辩解，最终的结果是自己也"城门失火，殃及池鱼"。难道，石浦自己就没有责任吗？

准备项目

1. 员工的个人利益，并非你关心的第一重点

作为中层管理者，你的确需要关心员工的个人利益，不过，要搞清楚我们为什么要关心员工的利益。如果仅仅是为了"义气"或者"名声"，那么，现代企业的管理制度最终会变成水泊梁山一般的松散团伙。

实际上，关心员工的个人利益是一种手段，其目的是为了实现集体利益，实现企业的发展目标，实现老板的既定决策。脱离这些基础去代言员工的个人利益，当然会让老板看你越来越不顺眼。

2. 员工意见，不应当成为讨价还价的武器

有时候，中层管理者自己对于企业的决策也并不理解和支持，这时候，如果基层员工提出了与你内心相同的看法，你该怎么办？

正确的做法当然是保留自己的看法，不动声色地要求员工按照高层既定的决策执行，私下里，你可以同老板再交流。这种做法既稳定了员工的情绪，又能够有缓冲回旋的余地。

然而，某些中层管理者由于一时冲动，或者其他目的，感觉到"民意可用"，便把员工的意见作为筹码，同老板讨价还价起来。不是利用员工的说法强调任务困难借以推脱，就是利用员工的看法来寻求个人利益，或许老板在迫不得已的情况下会改变决策，但很不幸，最后的失败者，一定是做出这种愚蠢行为的中层管理者。

 准备要点

（1）关于员工的个人利益——首先，应当主要在员工面前表现你对

他的关心，其次，即使不得不和老板提手下员工的待遇事情，也要从"工作积极性""工作效率"等有利于老板利益的角度谈起，尽量把两者放到同一领域，让老板能够自然地接受和思考。否则，不加铺垫，贸然提出，只能有害无益。

（2）关于角色代入——不少中层来自基层，特别是新提升的中层管理者，往往并不想被说成"一朝得势翻脸无情"的"小人"。然而，无论对方理解也罢、不理解也好，你始终要明确的是，你已经不再是基层员工，你的想法必定不能同他们完全一样，把自己带进错误的员工利益代言人角色，只会造成你犯下严重错误。

3.2　一国之君：我的部门我说了算

"一国之君"的误区何在

- 把部门当成自己的地盘
- 把员工当成自己的人力
- 把项目当成自己的功绩

身处在管理位置，中层管理者所处的环境自然同基层员工不同——办公室之中，你往往看见的不是部下就是助手；处理工作的时候，你也常常成为众人解决问题的核心；同客户交涉的时候，你更是代表企业形象的领导。这样的环境自然更利于你能力的发挥，更利于信心的培养。

然而，光鲜的背后往往隐藏着危机，长期处于这样的环境下，往往会导致中层管理者的心态发生偏移，走进角色的误区，比如，"国君心态"就是最典型的一种。

所谓"国君心态"，指的是中层管理者没有清醒地认识到本部门在公司中的地位，更没有把自己的地位和权力看做公司岗位赋予的职责。由于这种长期的不良自我暗示，中层管理者逐渐开始把自己当成整个部门的拥有者，在小范围内说一不二，拒绝任何建议，把部门当成"独立王国"，把自己当成了"办公室之王"。

把自己放进企业的系统——你不是庄园主

某工艺品厂的设计部主管肖发正在埋头审阅稿件，手下的小章敲门进来说："主管，刚才市场部的人过来，说上次设计的产品造型可能不太适合。请我们再仔细看看，争取在样品出来之前确定造型。刚才您不在，大家重新讨论了一下，的确可能有需要修改的地方。"

听说手下没有先请示他就提前讨论，肖发心里一阵不舒服。他皱着眉头说："什么，这不是我上次定的吗？你们到底是听市场部的还是听我的？难道以前那些参加世博会的作品，都是他们设计的？还不是我的作品！"

这几句话一下把小章噎住了。他支支吾吾地回答不出来。

"算了，我们再看看！"肖发站起来拿着图稿出去召集会议。但是，在会议上，谁也没有再提出什么修改意见，原因并不是设计真的没有问题，而是肖发那一张阴沉的脸堵在大家面前，谁也不好意思张口。

最后，肖发挑了几个无关紧要的细节改动一下，交给市场部应付了事。不久以后，样品出来了。然而，客户在看完样品后表示对外形并不满意，需要重新制造。老板在公司会议上批评设计部工作不力，但是，设计部的所有人心里都清楚，究竟谁该负责……

企业部门是有机的整体，每个中层管理者的部门只是整体中的一个组成部分。肖发并没有意识到自身在企业中应该扮演的角色，同时又过分拔高自己在部门内的地位。说一不二的工作作风，独断专行的工作意识，最终导致了产品的缺陷和工作的失误。可以想象的是，如果肖发不及时调整自己的心态，还有可能发生更加严重的问题。

 准备项目

1. 部门属于企业组成部分

部门并不是独立王国，离开企业其他部门的支持和配合，中层管理者身处的部门什么都不是。因此，中层管理者应该及时理顺本部门同其他部门的关系，不仅需要加强同其他部门的联系，更需要重视其他部门的看法和建议，从而让本部门获得更全面的信息，掌握更多的资源，取得更好的工作成绩。

2. 员工是老板的人力资源

部门并不是中层管理者的独立地盘，应该说，部门内部的每一位员工之所以被老板聘用，自然都有其不同的价值。

面对这些员工，中层管理者所应该做的是尽力让他们每一个人充分发挥自己的价值，体现自己的能力，而不是压制他们的个性，把他们变成单纯的操作者，甚至变成自己工作业绩的垫脚石。如果中层管理者坚持这样做，那么，实际上就是对老板人力资源的浪费，对工作职责的无视。

3. 成绩来自所有人的功劳

案例中，肖发认为自己的成绩显著，无论是部门内外都不应该轻易质疑自己的设计，然而，肖发没有想到的是，成绩虽然有自己的参与，但并不代表是他个人的功劳，更不能因此就证明自己的工作永远无懈可击。

如果肖发能够将成绩归功于部门所有人，不仅会拥有谦虚、低调的良好工作作风，还会激发部门内所有的员工信心和潜力，提高整体的工作效率。

 准备要点

（1）中层管理者应该及时调整自己的角色定位，既要保持追求成功的强烈欲望，也要学会冷静看待业绩。中层管理者把部门的工作当成自己的事并没有错，问题是如果因此就把部门的所有成就都归功于自己，那么，最终会产生错误的"国王心态"。

（2）身处部门领导的位置，工作越是顺利，成果越是显著，就越容易产生不良的心理作用。如果中层管理者不加以自我控制，超脱周围的环境，将心态放在更高的位置来看待自己的表现，那么就很容易得意忘形，失去内心正确的导向，变得更加独断专行和骄傲自大。

3.3 向上越位：替领导做决定

向上越位的误区何在

- 自以为是，质疑领导能力
- 缺乏尊重，犯领导的大忌
- 打乱全局，破坏工作节奏

每个企业的行政权力结构都是一个金字塔形状，员工和管理者分属于金字塔中间不同的阶层。虽然并没有书面的规定，但是，任何文化背景下的公司，都存在这样的规则：金字塔的权力结构可以向下"兼容"，但不能向上"越位"。简单地说，就是老板可以帮助你做决定，但你只能做自己的决定，更不能代替老板做决定。

工作初期，基本上每个中层管理者都明白上述规则。然而，随着自身能力的发展、地位的巩固业绩的上升，可能出现中层管理者代替老板发号施令的情况。

比如，老板暗示的决定，在中层管理者这里可能变成明确的指示，老板示意可以讨论的决策，在中层管理者这里变成了确定的任务，等等。诸如此类的情况下，中层管理者替老板做决定，用老板的名义来号令下属，看起来让自己的工作变得更简单，但实际上架空了老板，给中层管理者自身带来了风险。

代发指令是最大的错误——你不是老板

老板去国外参加销售活动，临走前交代，一旦出现重大的事情，第一时间要通知他。各个部门的主管都认真地把这条指示记在了工作笔记上，唯独财务部的主管卜经理没有把这句话当回事，他想，就这么一周，还能出什么大事嘛，老板就是喜欢显摆自己的地位。

老板走了三天，财务部在考核产品成本时发现了严重的漏洞，生产环节中出现了浪费成本的情况，需要迅速加以整改。相关的报告放到了卜经理桌上，他翻阅了一会，对助手说："这事情不是明摆着吗，还有什么好讨论的，赶紧通知生产部做新方案。"

助手并没有马上拿走方案，他说："卜经理，虽然大家都看出来问题了，不过这个环节可是当时老板亲自制定的啊，是不是要请示一下他再确定。"

"算了，老板忙得很，何况现在时差也不对，他那里现在是夜里。如果不整改这个环节，给企业的生产带来麻烦可不行，先整改吧，然后回来我跟老板汇报。"

助手按照卜经理的意思通知生产部开始着手制定新的项目方案。生产部认为老板已经知道，很快就做出了新方案，效果比以前要好很多。

正好老板也回到公司，立即有人向他进行了相关汇报。听说节约了生产成本，老板表面上高兴，背地里却开始和几个亲信打听是谁主张的这次整改，为什么他一点都不知道。最终，卜经理在老板眼里成为最大的威胁……

卜经理的责任意识非常明确而到位，他把企业的利益时刻放在心上，并迅速行动。

然而，为什么这样的责任意识不仅没有得到老板的欣赏，反而引起了老板的不快和反感？问题恰恰出现在卜经理自以为是的越位行为上。他的行动虽然保障了企业的利益，但是却侵犯到老板看重的权力领域，因此不仅得不到回报，反而收到恰恰相反的结果。

 **准备项目**

1. 相信老板，不要总是质疑

作为老板的下属，中层管理者应该首先相信老板的工作能力和方法，不要动辄以为只有自己才能解决问题，而不指望老板。实际上，之所以他能够成为你的老板，除了机遇和环境，拥有过人的能力和丰富的经验也是背后的因素。所以，千万不要随便怀疑你的老板，更不要表现出你比他强的地方，即使真的你有超过他之处，也应当明白"功高震主"的道理而加以收敛。

2．尊重老板是第一位

从内心尊重老板是中层管理者基本的素质。

案例中，卜经理觉得老板交代的事情只不过是走走过场，摆摆架子，从而忽视了真正应该关注和汇报的工作内容。如果他真的能够把事情的严重性搞清楚，及时向老板加以汇报，那么作为老板一定会既为下属的认真负责而打动，也会感受到下属对自己的尊敬和重视，怎么可能像案例最后的结局那样，反而引发不快呢？可见，同一件事情的处理，是否把老板的尊严放在优先考虑的位置的确很重要。

3．保持工作节奏

重要决定由老板来做出是正常的工作节奏。企业发展越来越大，如果某个中层可以擅自代替老板做主，那么将意味其他中层一旦条件"成熟"，也可以自行其是，那么，最终的结果将是企业工作节奏变得越来越混乱不堪，难以收拾。

因此，让老板做老板的事情，是明智的中层管理者最起码的内心认识。即使这个决定再简单明了，也应该由老板来下发指令，这绝不仅仅牵涉老板的尊严和权威，更关系今后对企业的管理效率。

 准备要点

（1）不少中层管理者总是抱怨下属对自己不太尊重，或者抱怨下属喜欢自行其是，在抱怨自己下属的同时，中层管理者也应该反思自己有没有表现出对老板的不尊重，要知道你的行为将直接作为示范影响到你的下属。

（2）让老板来做决定，并非意味着你不去和老板沟通，无法引导老板做出决策。实际上，我们完全可以影响老板的思路，使之受我们提供的步骤和方案影响，来做出最终的决定。但这一切一定要做得小心翼翼，不为老板所发现，否则他很可能认为你在架空他，实现你自己的目的。

3.4 临时工：做成怎样算怎样

临时工角色的误区何在

- 短期心态，无所谓长远结果
- 缺位心态，有没有贡献无所谓
- 打工心态，拿多少工资做多少事

"我就是个打工的！"相信这种听起来泄气的牢骚话不止一次出自你的口中，或者回荡在内心吧。是的，中层管理者虽然名为团队领导，却并不是企业产权的所有者，只是被聘用来施加管理的员工，而从广义上来说，一切被聘用的员工都是打工人员，看起来似乎中层管理者也摆脱不了打工的角色和地位。

可是，如果中层管理者真的这样认为，并在工作中把自己定义成一个可有可无的临时工，那么，你失去的将不仅仅是自信和勇气，还会丢失更多创造成功的可能。

你不是临时工——企业发展决定员工的未来

主管赵飞跳过好几次槽，平时有句口头禅："我们打工的……"除了在公司高层面前注意言辞，他经常随时随地冒出这句口头禅。说得多了，渐渐地连他自己都认同了这句话。所以，虽然赵飞的实际工作能力不错，业绩也还可以，但他自己从没想过要稳定发展、加快成长，更没想过要成为本企业中层管理队伍中的精英。

最近，公司内部传出来不好的消息，由于受到国际市场不景气的影响，公司业绩日趋下降，公司可能会采取降薪的举措。

赵飞想，我就是个打工的，到哪里也是打工，现在有可能要降薪，我与其冒这个风险，不如早点跳槽算了。

于是，赵飞没跟任何人打招呼，直接带着客户跳槽到了另外一家公司。遗憾的是，这家公司需要的是他的客户，并不是他，所以赵飞自己并没有获得什么升迁，工资也没有变化。赵飞悄悄一打听原因，原来新公司的老板认为，"赵飞这小子永远都在跳槽，太不可信。"

这时候他才弄清楚，原来任何老板都不喜欢把自己当成临时工的下属，更不用说提拔和重用他们了。

赵飞的选择看起来有过人的眼光，同时也有着更多的可能，然而，他的心态决定了他无论到哪里只有一种可能——被动地打工。心理学上存在的定律在他身上得到了很好的验证：你想自己是什么，你就越接近那样的角色。

 准备项目

1. 树立长远意识

能够在某个平台成为管理者，这并不是什么轻而易举就做到的事情。

因此，中层管理者应该珍惜这样的机会，争取在某个平台上能待久一点，学习到更多的能力，积累到更多的经验，为今后的进步做好基础。

案例中的赵飞看起来在不断跳槽，然而，只是单纯同一水平上的不断反复而已，自身能力并没有什么提高，而经验也未能积累充分。这样的跳槽反而给人一种不安全感，认为你是无法适应环境才成为一个又一个单位的临时工。

2. 主动参与，将工作当成学习

对公司的工作，你应当主动参与。

即使并非完全是自己工作领域的任务，也可以积极地参加管理和沟通，对平级施以援手，对下属多加帮助。不要认为自己拿了多少工资，就做多少事情，做多一份就是吃亏和受累。

其实，如果能坚持参与不同的工作，摆脱"小我"角色的束缚，投入企业"大我"的天地，你会发现工作充满了学习的机会。提高自己的地位，必须要从成为多面手的员工开始，满足于一份简单的工作，只能获得一份微薄的工资。

3. 和老板同步思考，摆脱打工角色

摆脱打工意识，更应该用老板意识来驱逐前者不良的作用。

拥有老板意识，你会不自觉的按照老板的方式来思考，这样，在工作中你无疑多了一重保险，而在看待事物问题的过程中，你又多了一个更高远的角度。长期按照老板的方法来思考，会帮助你最终拥有同老板一样广袤的平台和丰富的资源。相反，长期按照临时工干一天算一天的心态看待问题，那么即使你具有做老板的潜力，也必然会成为自己给自己设定的临时工角色。

准备要点

（1）不要在内心忽视"打工"这个称号，其实，任何成功的"打工"者，都无一例外地具备老板心态。因此，如果你真的想成为一名优秀的不会被取代的"打工"者，就一定要尊重老板制定的规则，体会老板的战略决策，学会从老板的角度来观察世界和思考问题。如果能充分做到上述步骤，就算你无法成为老板，也会成为老板重要的左膀右臂。

（2）不要总是以为换个平台和环境就能带来自己质的改变。很多人觉得，工作环境决定工作者的心情，决定工作者的状态，决定工作者的收入。其实，真实情况往往并不是这样。

如果你有足够的才能，那么，无论什么样的老板，都会为了企业利益给予你想要的东西。反过来，如果自身没有达到想要的高度，始终在低水平的"打工"程度徘徊，那么，就算你换其他地方，依然是注定的"打工"角色，而不可能有所改变。

3.5　劳动模范：事必躬亲，事无巨细

劳动模范的误区何在

- "要出业绩，只有自己干得多"
- "身先士卒肯定能激发下属动力"
- "下属懒洋洋的，我不干不行啊"
- "只有我对工作最上心"

中层管理者接触的工作大都是具有实际操作方面的，加上自身曾经在基层有过相关工作的丰富经验，中层管理者势必具备足够的解决问题的能力。但是，中层管理者是否就因此包办一切，解决一切问题呢？其实，这样做往往会吃力而不讨好。自己辛苦一番之后，换来的却是工作效率的低下。

每个中层管理者都希望自己的团队出成绩，但是，成绩的取得不可能只靠带头人的努力，更不可能把所有工作抛给团队核心来完成。著名的"背猴子"理论是这样描述事必躬亲的中层管理者的：每名员工身上都背着一只"猴子"，然而，当你为每名下属出主意、做决定的时候，你等于把他们身上的"猴子"全部背到你的身上来。最终，你会因为背负了太多的"猴子"而被压垮，而团队并没有取得任何进步。

所以，避免成为背"猴子"最多的那个人，努力让每个员工都积极负责地同你一起行动，才是中层最正确的出路。

你不是劳模——驱动下属比驱动自己重要

胡庆是国企的基层员工，由于脾气好，在办公室内人缘好，加上工作能力强，不久被提拔为办公室主任。

办公室还有三位员工——小赵、老方和徐姐。胡庆成为办公室主任以后，他们暗自高兴，觉得终于来了一位和气的领导，今后肯定好说话。果然，不少工作都是胡庆自己一个人在做，有时布置下去的工作，员工们没有完成，胡庆想，自己刚上任，马上翻脸就批评以前的同事，不好意思，于是自己默默做完。

最近，公司在筹备一次重要的商务会议，办公室需要准备不少资料。胡庆把工作分发给三名手下，自己也埋头苦干起来。快下班的时候，小赵走进来说："胡哥，女朋友有急事，我得去看看。"胡庆为难起来说："资料明天就要，你能做完嘛？"小赵说："放心，我带回去做。"胡庆想了想，说："算了，你带回去做，我不放心，你给我吧，我来做。"小赵压住内心的兴奋，走了。

看见小赵"成功"，加班的老方和徐姐心里暗暗嫉妒。不久以后，他们也学会了找各种理由推脱自己的工作，胡庆越来越像一个办公室的救火员，他想，这当了领导，怎么比被人领导时还累呢？

胡庆觉得累是必然的，因为，对于下属，他基本上没有负起管理、引导的职责，仅仅是在一起工作而已。更有甚者，为了确保工作质量，他宁肯从管理者降级成为"救火员"，一次次地为下属承担未完成的工作。看起来，工作的确出了结果，然而，长此以往下去，胡庆能提高自己工作效率吗？答案是不言而喻的。

 准备项目

1. 管理是中层管理者的根本任务

领导把你放在中层管理者的位置上，并不仅是让你负责具体工作的进度，他需要的是你能够肩负起管理和监督的重要作用。

有的中层过多地着眼于具体工作结果，忽视了管理和监督员工的常态更是重要的工作内容，因为前者结果只牵涉某一件具体的任务完成状况，而后者的结果会影响整个部门的工作效率。因此，只有做好管理的中层管理者，才能算得上负责的中层管理者。

2. 多种方法激发下属工作热情

的确，想要成为受欢迎的中层管理干部，你一定要在工作中做到身先士卒，但是不要以为身先士卒就一定能激发下属工作热情。

下属由于受到个人想法、素质和背景的影响，难免会有各种不利于工作的消极思想，如"公司又不是我的""奖金能分我多少""混混日子就行了，何必那么累，我家不缺钱"等。

解决这些思想问题，光靠你自己的工作示范恐怕远远不够。只有从对方的利益出发进行个别的交流，晓之以理动之以情，适当的时候，挥舞处罚这根"大棒"，同时对表现出来的进步给以"胡萝卜"作为奖励，这样才能充分激发下属的工作热情，最终做到从被迫转向自发地投入工作。

3. 培养自己的助手

想要成为高效率的管理者，缺少自己的助手是不行的。因此，你必须从担任中层管理者开始，就寻找最适合担任自己助手的员工。

通过日常的接触、观察和试探，你一定能在本部门内寻找到适合自己的助手，并通过对他的关注和信任，培养他足够的自信心和对你的信任，使他敢于肩负助手的责任，完成助手的工作。一旦出现了成熟的助手辅佐你的工作，你将会发现肩上担子变轻的同时，工作效率反而提高不少。

准备要点

（1）没有偷懒的员工，只有不会管理的领导。如果你发现自己做得越来越多，而员工肩负的责任越来越小，那么，你就应该好好反思自己的领导方式是否有问题了。通常，用经济利益来调动大家的积极性是有效的，但不能只用"钱"说话，应该加上对不同人性格的了解，有的人爱面子，有的人讲感情，有的人追求未来职位，等等，利用其性格上的弱点，来提升他的工作状态。

（2）挑选自己的助手应该谨慎从事，不要一开始就暴露出对某位下属的偏爱，注意观察下属各方面的全面表现，千万不要被某一方面的突出能力遮挡住注意力，掉进"光晕效应"中而产生错误判断。

3.6　老好人：你好我好大家都好

老好人的误区何在

- 不想为企业的利益得罪别人
- 觉得谁都不容易，不愿意批评
- 害怕管理，不想做舆论的靶子

基层管理总是会面对各种各样不同的矛盾，有些矛盾可以自生自灭，而有些矛盾则无法回避，否则将影响工作气氛，破坏好不容易建立的团队凝聚力。

在解决这些矛盾的过程中，中层管理者必须作为集体利益的代言人，保持公平公正的态度。一切以工作为重，防止因为小矛盾而产生大危害。

然而，现实生活中，不少中层管理者并不能做到上述的要求。他们往往为了息事宁人，尽量减少麻烦，而全力扮演团队中的"老好人"角色。面对员工各种各样的情绪，工作中各种各样的利益纠葛，中层管理者不是主动应对，全面发挥岗位职能作用，而是用"和稀泥"或"各打50大板"等方式加以调和，求得矛盾暂时的平息。

问题在于，这样的方法并不能治本，仅仅是解决表面现象。长期坚持这样的管理方法，注定会让团队内部存在的裂缝越来越大。

你不是好好先生——回避矛盾无法管理

刘冲的岗位被公司调整后，负责管理销售门店，手下的员工虽然有七八个人，但以前管技术出身的刘冲还是发现，这里的人事矛盾实在太让他头疼了。

某次，手下的销售代表小 A 和小 M，又因为一点小事吵了起来。刘冲最怕发生这样的事情，他把两个人叫到跟前，询问具体为了什么。小 A 指责小 M，说把她辛辛苦苦接待和吸引进来的客户抢走，算到了自己的名下，小 M 则反唇相讥，说本来那些客户都打算走了，多亏她及时宣传产品特点才留下来，并且最终决定购买的。

刘冲觉得跟她们讲道理实在没有意义，于是好言相劝，说大家都不容易，应该互相体谅，共同努力工作等。也没管两人的脸色，送她们出了办公室。

没想到第二天，小 M 竟然请起了病假，一请就是一周。刘冲打了好几个电话都没有回复，想要扣她的考勤，又觉得昨天的事情她可能的确受了委屈，只好作罢。这时候小 A 则乘机在同事面前大倒苦水，说刘冲处事不公，毫无公平可言，闹得大家心情都七上八下，工作气氛也荡然无存。刘冲多次暗示她少说几句，却收效甚微。

面对这样混乱的局面，刘冲叹了口气，心想，自己是不是应该打报告调回去重新做技术比较好呢？

刘冲身处中层管理者的位置，却又不想担负管理的职责，更不想因为管理而被下属指责，以免难堪。然而，这种只求大家都好的心态，并不适合担任中层管理者，既然是管理，必然会存在处罚和奖励，存在坚持原则而带来的某些冲突。倘若没有这样的思想准备，就是对自身岗位职责的认知缺乏，必然难以肩负应有的责任。

准备项目

1．掩盖矛盾不等于管理

管理并不是求得"平平安安"就行，管理应该是不断地发现矛盾、面对矛盾、解决矛盾。

如果害怕管理，不敢主动出击、解决内部的隐患，如平息争议、解决思想问题、化解潜在风险等，而是像"鸵鸟"一样视而不见，在问题出现之后再扮演"老好人"以求平息，那么，最终感到精疲力竭的是中层管理者自己。

2．必要的时候应该挥舞"大棒"

同体育竞技一样，既然存在游戏规则，就应该努力遵守，而不是听之任之。出现违反纪律的情况，中层管理者必须要挥舞起处罚的"大棒"，对触犯底线的员工采取行动，以制止其继续犯错，同时警醒周围的员工，防止再次出现同样的问题。这不仅仅是对公司和集体利益的维护，同时也是对员工个人前途和利益的负责。

3．为集体利益做"恶人"也是应该的

某些时候，中层管理者的管理必定会"得罪"某些员工，然而，你应该相信，自己为了长远利益和集体利益，暂时的"恶人"行为，既不会影响工作，也不会真的败坏自己的形象。大多数的员工一定会理解和支持你，站到你这一边。即使是被处罚的员工，在你适当的沟通和交流下，思想也一定会转过弯来。

与之相反的是，对一切都想采取掩盖回避的中层管理者，虽然表面

上不会同任何下属或者平级产生矛盾，但其实际形象已经接近于无能和软弱，不愿肩负应负的责任，很难说这样的中层管理者会有什么远大的发展和坚实的基础。

 准备要点

（1）处理矛盾可以有多种方式，如私下处理、冷处理或幽默处理、社交处理等，但最坏的就是不处理。听之任之，或者简单说两句，以为自己已经处理好了，其实矛盾并没有得到任何的解决，反而可能会加深。

（2）在挥舞"处罚"大棒的同时，不妨也对表现良好的员工给予表扬。明确地表现出你的好恶有时并不是坏事，这可以让员工们产生足够的目标，知道什么样的表现能够为领导接受，什么样的表现会伤害所有人的利益而导致领导的处罚。比起总是毫无倾向的貌似公平，这种管理态度将更有效率，更有作用。

3.7 官僚主义：用权力打压员工

官僚主义的误区何在

- 讨厌不同意见
- 害怕分权
- 不喜欢下属出风头

上千年的传统观念土壤滋生了官僚主义，这种心态又不可避免地渗透进我们每个人的思想和行为方式，无形中影响到我们工作中很多方面的表现。

很多中层管理者在担任基层员工的时候，为人低调谦逊，没有任何的架子，而一旦角色转换，成为管理阶层的一员，立刻就发生了明显的变化。他们不再接纳他人意见，牢牢地抓住自己手中的权力，同时害怕任何下属争夺自己的风头。

其实，中层管理者既是为老板服务，也是在为团队服务，他的一切工作都应该发自于整个集体利益的需要，而不是出于表现自我能力、获取自我利益的需要。有鉴于此，中层管理者必须防止心态的失衡，不要将自己定位成只为上层服务的"官"，而是公司团队内部的有机组成部分。

你不是官僚——管理员工并不是为自己

公司决定调整员工薪水结构，这次调薪幅度在 8% 左右，为了充分发挥调薪的作用，老板决定先在人事部门小范围地讨论一下，看看方案怎样同员工的绩效结合能起到更大的激励效果。

人事部门的主管丰经理通过会议把这个标准告知了手下员工，不料，大多数下属表示调薪幅度太低了。有的说："物价上涨这么快，加个几百块钱没什么效果啊"。还有人说："可不是吗，上次我们所有部门通力协作，项目完成得那么好，也没给什么绩效奖励啊。"结果，会议不了了之。

事后，丰经理想，这算什么结果，如果上报上去一定会被老板批评。于是他把情况片面地向老板做了汇报，末了，他添油加醋地说："老总，员工们总是不满足的，其实，我觉得这个调薪幅度已经够大了。应该能接受了。"老板点点头，交代丰经理去做好思想工作。

丰经理回到部门，沉下脸宣布，加薪幅度是既定的，讨论只是为了激励全公司员工。作为人事部门，迅速拿出考核加薪方案是最重要的，不要再有任何想法。结果，员工们纷纷闭上了嘴，丰经理也"成功"地向老板交差，感觉自己又做成一件功劳。

然而，不久之后，有多名骨干员工申请辞职，跳槽到了其他待遇更丰厚的单位。老板这才明白，所谓的讨论，并没有起到任何效果。丰经理的官僚主义，破坏了老板的既定计划，受到了狠狠的批评和责怪。

丰经理对于老板的计划胡乱揣测，对于下属则根本不想了解。凭借着自己的主管想象、对岗位权力的滥用，递交了并不真实的报告结果。虽然短时间内看起来丰经理获得了自己理想的结果，而最终受损失的是企业。

丰经理的案例给了中层管理者这样一个教训：即使你担任的是部门主管，需要考虑的利益也不仅仅是自己的上司和企业的利益，更不能胡乱主观揣测，用权力压制下属的任何意见。

 准备项目

1. 广泛听取他人意见，少一点阶层观念

中层管理者应该多留意周围所有人的意见。如果你缺乏足够的敏感性，不愿意留心下属的态度，而只关心上层对自己的看法，就会形成巨大的阶层鸿沟观念。试想，中层管理者自己都不能有效地和下层沟通，又如何成为联结上下层之间的重要渠道？

更重要的是，中层管理者手上的权力来自岗位本身，应该尽量使用

这些权力为集体利益服务，而不是为自己个人的升迁服务。事实上，将集体利益和个人升迁割裂，最终的结果也不可能理想。

2. 懂得授权于他人，并非集中就能高效

中层管理者不要过多地把权力集中到自己手上。

对于企业赋予你岗位的权力，你应当有清醒的认识，权力的运用的确可以给人带来成就感和利益，但运用不当，也会如同一把双刃剑，伤害到自己和他人的感受，妨碍到自身事业的发展和企业的绩效。

因此，中层管理者应该按照工作需求，适当地将权力授予手下。比如，授予他们多种渠道讨论和表达的权力，授予他们代表部门领取荣誉的权力，授予他们自行分配任务和奖励的权力，等等。给予下属充分的权力体验，会让他们拥有更大的工作热情，激发更多的工作潜力。

 准备要点

（1）让下属也出风头——官僚主义的典型表现就是喜欢把一切成就都归功于自己，而把一切错误都放到下属的身上。其实，优秀的中层管理者应该明白什么时候让下属出风头，让每位下属都有各自的闪光点，让每位员工都能在不同的场合，发挥出自己的能力。

（2）学会尊重下属——"三人行必有我师"，虽然部门员工是你的下属，但是，这并不一定代表他的每一方面能力都不如你，甚至注定应该每件事都听从你的吩咐。你应该学会尊重下属在团队中的地位，只要出发点是利于工作的，你就应该理性冷静地听他们的建议，同他们平等对话交流，让思想在碰撞中产生火花，从而获得集体更好的工作状态。

3.8 自由人：想干什么就干什么

自由人的误区何在

- 我是主管，当然有安排本部门的自由

- 老板不在的时候，一切我说了算

- 只要能完成业务，下属想怎样都无所谓

公司是一个集体，部门是一个小集体，身处集体中的中层管理者，必然同其他人存在联系和交流，才能更好地开展工作。无视这些联系，想依靠自己的个人能力做好一切，而对他人的需求不理不睬，甚至毫不在意，只会把你自己在小集体中孤立起来，把你所管辖的部门从大集体中孤立起来。

因此，身为中层管理者你应该明白，工作并不仅仅是自己或者自己部门的事情，更多的应该放在企业的大平台中去考虑，结合其他部门的工作状态和节奏，将之放入项目的背景中进行全面的考察。

中层管理者如果想做什么就做，对可能产生的结果毫无顾忌，对他人的影响毫不在意，最终难免会给自己树立更多的敌人，也妨碍本部门今后的工作得到好的发挥。

你不是自由人——懂得配合才能做好工作

最近，公司接到一笔大订单，需要为一个大客户设计出整个企业的室内装潢方案。设计部接到任务以后，将工作分为两部分，分别交给一组和二组同时进行。

一组的组长陈新向来看二组组长刘猛不太舒服，觉得他没有什么设计能力，只是凭着老板对他的印象才成为主管。这次合作进行设计，陈新更是不买账，除了开始召开了一次相互交流、确定风格的会议，后来再也没主动提出过交流和沟通。

经过手下的努力工作，一组完成了本部门的工作任务，助手把最后的定稿放到了陈新面前。第二天，陈新对助手说："可以了，把设计稿交给市场部吧。"助手迟疑了一会说："不过，昨天我听二组的同事说，我们两组设计的风格好像有点出入，这样交出去的话，客户可能会不大满意。"

"二组的话你也听？那是他们做得慢，在给自己编借口。我们做完了，想交就交。早点完成还能接下一个案子。"陈新不在乎地说道。

助手把设计稿交给了市场部，刘猛没办法，为了不显得本组拖沓，也提交了设计稿。

不久之后，客户把设计稿退回来，理由是明显出入太大，要求重新修改。看着客户提出的详细要求，老板批评陈新一顿，说他想怎么做就怎么做，不知道沟通和交流，简直是丢公司的脸面……

陈新过于随意自信的工作态度，带来了需要返工的结果，在妨碍自身工作进度、打乱自身工作节奏的同时，也破坏了公司集体的工作计划，损害了客户心目中公司的形象。因此，懂得适当地进退，按照工作流程和计划谨慎从事，才是合格的中层管理者应该做到的正确态度。

准备项目

1．平级配合，协调同其他部门的工作节奏

工作并不是即兴发挥和表演，如果不懂得同平级协调，统一步调，

在不影响工作质量的基础上适当妥协，那么，工作能力再强的中层管理者也终究会吃亏。

独木不成林，仅仅靠你的部门和小组，不可能在市场竞争中获得足够的优势、征服一个又一个客户的心。只有明白集体步调一致，才能爆发出强大的工作能力，你才会走出"自由人"的角色误区，走向成功的彼岸。

2. 老板没有强调，工作细节也要掌握分寸

某些情况下，老板对于具体工作中的特殊环境和问题并没有足够重视，以至于并没有充分强调。然而，这并不代表接触实际工作的你就可以为所欲为。

老板主管的是战略层面，现实情况允许老板忽视细节，甚至不知道细节，他掌握的是结果，而中层管理者不同——你的工作结果，直接取决于细节的完成情况。

如果对于细节处理一味自由，以为老板口中的"看着办""自己处理"真的就是表示让你随便完成，那么你一定会在职场的道路上栽一个又一个跟头，最终头破血流。

3. 放任下属，最终影响的是集体气氛

处理自己的工作需要谨慎小心，讲究配合和规则，那么，对下属的管理上，你更需要充分尊重集体规则，防止自身不正确的表现影响到下属，无视他人而影响团队的工作气氛。

比如，销售团队中，如果你作为中层管理者，只看重业务，不看重工作纪律，对于业务完成好的业务员从不在上班时间进行要求，那么，最终的结果是其他业务员也会群起仿效。与其到那时候再后悔，不如一

开始就注意约束好每一个下属为妙。

准备要点

（1）注意自身个性——性格决定命运，性格决定工作方式。随着进入职场的人员越来越年轻化，越来越追求时尚和个性，某些不合理的性格因素也被带入工作中。比如，以自我为中心、不注意他人感受，等等。因此，想要有良好的工作心态和角色意识，不妨先改变自己的性格，剔除其中过分追求自由的一面。

（2）注意环境小节——无论是言谈举止，还是衣着打扮，乃至于办公室的环境，都会影响到工作者的心态。效率高的办公室，往往是安静而整洁，员工衣着打扮干净整洁大方得体，而与之相反的办公室势必会越来越松散混乱。因此，你不妨先从环境小节开始改变，从而树立严整有序的工作环境，打造集体行动的工作意识和习惯。

3.9 对抗者：平级之间矛盾不断

对抗者的误区何在

- 心胸狭窄，喜欢找"对手"

- 个人和本部门利益至上

- 短期业绩至上

很多企业的内部文化中强调员工之间的竞争，的确，没有竞争意识的员工几乎没有任何能力上的上升空间，不会被任何一名老板看重。然而，过分看重同其他人的竞争，尤其是对于自己的平级总是充满对抗意识，就一定会有利于工作，有利于自身的升迁和发展吗？其实事实并非如此。

喜欢研究"办公室斗争策略"的中层，经常把远到《厚黑学》，近到《潜伏》的书拿出来翻阅，甚至作为指导自己成功的典范。然而，他们没有注意到的是，《厚黑学》是将近一百年前的书籍，今天的市场经济时代早已不是半封建的时代，而《潜伏》中，无论单位员工如何会运用心机获取个人利益，最终都避免不了人亡政息、树倒猢狲散的结局。

因此，与其每天 "研究"如何与平级斗争，不如好好静心想一想怎样获得他们的喜爱，"多一个朋友就是少一个敌人"，更何况你们的共同利益都建立在自己所处的企业平台上。

职场不是战场——会交朋友才能有良好平台

"职场就是战场"，大学毕业以后，杨正就特别信服这句话，甚至暗地里把这句话当成自己的座右铭，"激励"自己向上进步。

杨正所处的位置在 K 机械设备厂不上不下，担任的是售后服务的经理，负责接待对产品有问题的大客户。某次，大客户 H 公司派人前来，提出上次一批机器出现了问题，需要重新派人去检修一下，然后再做下一步的决定。

杨正暗自高兴，因为负责这一批货物生产的正是自己的"死对头"，同样被认为年轻而有为的生产部主管小秦。"这下可是我占上风的机会了。"杨正心想。

于是他故意表示自己无能为力，要请示上级，同时又暗示客户，这批货物的问题可能很严重。本来就焦急的客户听说问题这么严重，更加不耐烦，情急之下直接把问题捅到了老总那里。

最终，检修结果表明，机器本身没有问题，问题出在 H 公司员工的操作方法上，负责机器生产的小秦主管更是没有什么责任。杨正想看的结果没有看到，反而被小秦主管怀恨在心，两个人的明争暗斗继续进行着，然而，这样的斗争中，究竟是否有最后的赢家呢？

可想而知，杨正的心态有严重的失衡，出现有关产品质量的投诉，他不是平息客户的焦虑，反而想办法让事情扩大，激化矛盾，借以起到打击自己"对手"的目的。结果，不仅没有成功实现自己的目标，反而加深了同事间的误会，双方之间的矛盾越来越大，对今后两个人的发展都没有任何好处。

 准备项目

1．最大的对手是自己

中层管理者希望进步，希望升迁是好事，这种想法代表着你有充足的工作动力，然而，过分追求个人目标实现，以至于心胸狭窄到把一切优秀表现的同事都看做自己潜在的对手，前进的绊脚石，则未免过于小题大做，甚至是心理上的扭曲了。

其实，一个人是否能进步，是否能获得上级和同事的认可，最大的敌人并不在于其身边的任何人，而是在于自己。如果你有精力同周围的所谓"对手"斗争，不如先反省自己身上的缺点，并努力克服，这样才会有获得升迁和认可的机会。

2．小集体应让位于大集体

中层管理者负责自己的小集体，有时候难免眼光逐渐狭窄，只看得见自身的局部利益，看不见其他部门的利益所在，也看不见企业更广阔的需求。

其实，你应该弄明白"皮之不存，毛将焉附"的道理。本部门业绩蒸蒸日上、个人能力提高、形象提升固然是好事，但是，这一切都应该建立在整个企业的良性发展基础上。如果企业不能获得足够的利益，而仅仅是自己或者本部门获得利益，那么实际上并不能获得最优的发展前景，仅仅是昙花一现而已。

3. 不要过分看重短期业绩

不要为了短期的业绩，过分地打压其他同事。为了长期的配合起见，中层管理者应该懂得"推功"，懂得"分享"。比如，多在老板面前提及其他部门对顺利完成任务所作出的贡献，多表示自己应该学习其他主管的管理经验，等等。这些话并不会造成你个人形象的退步，相反，还会让同事对你有更多的好感，愿意同你共同分担工作的责任。

准备要点

（1）竞争的意义——竞争是到处存在的，然而，弄清楚竞争的意义，才能真正地把竞争变成动力而非破坏力。竞争是为了提高自己的业绩，从而提高公司的实力，并非不是你上就是我上的淘汰型竞争，更不是个人恩怨的表达和宣泄。

（2）业绩和对抗——让业绩成为你发展的基础，一定要有充分宽松的人脉环境作为保障。如果不能与人友善相处，你的业绩越高，反而越容易遭到他人的攻击和妒忌。当你感到自己越来越多的精力被迫分散到处理这些矛盾之中的时候，你用来发展业绩的精力当然会越来越少。

第2篇

10 项修炼使你获得全面提升

第4章

修炼 1 · 适应力：
能否成为得力中层取决于心态

成为得力的中层，

靠的不仅是能力与机遇，

良好的心态，

是你成功的必要准则。

4.1 大发展必须有大境界

大发展需要哪些境界支撑

- 既关注局部又分析全局的境界
- 敢于承认不足同时充满自信的境界
- 追求利益又能跳出利益的境界

人的能力有区别，境界也同样存在区别。遗憾的是，不少中层管理者只注意到提升自己的工作能力，而忽视了改变自己的工作境界。

什么是境界？境界就是一个人的世界观，就是一个人看待问题的高度和深度。拥有更高更广的境界，才能获得更加平衡的心态，获得更接近成功的起点。

境界并不是一朝一夕就可以提高的，学历可以一步步进修，工作成绩可以慢慢积累，而境界必须来自自我内心的提炼和升华。如果满足于眼前的成功，躺在现有成就上享受，那么，境界也许永远都不能有本质上的改变，从而也改变不了个人任何的发展前途。

境界决定未来——心有多大舞台就有多大

丁鹏担任业务部小组主管已经五六年了，作为公司创始时的几名员工之一，同他一起进入公司的同事不是跳槽就是在公司担任了更高的职务，然而，丁鹏似乎看不到这样的差距，继续在小组主管的位置上平淡地工作着。

其实，得不到提升的原因并不在丁鹏本身，连下属都看出来了。一个原因在于业务部经理江华身上，原来，江华特别爱表现自我，任何项目谈判，他常常在快要出成果时介入，参加谈判的最后进程，然后在最后报告时把功劳归于自己。另一个原因是丁鹏自己，因为他即使有机会向上级报告，也并不怎么提到自己的功劳，往往把成绩归于各位同事的付出和其他部门的配合。下属们常常感叹丁鹏太老实，只知道为别人说话。

结果，很多时候老板只看到江华的功绩，忽视了丁鹏的努力。不少好朋友曾经劝过丁鹏不要太老实，要跟江华"争一下"，而丁鹏却一笑置之说："只要部门业绩提高，企业因此获得收益，就说明我的工作没有白费。何况，不少工作也的确需要江经理这样的上级出面才能解决。"

他依旧努力地履行自己的工作责任，并不在乎自己是否能够立即获得回报。而内心里，丁鹏始终坚信自己为公司的付出一定不会白费，为公司工作，一定会有回报。

不久之后，公司市场部需要新的部门经理，公司副总认定谦虚低调的丁鹏是担任更高层次主管的材料。结合丁鹏一向的工作境界和表现，他力主提拔丁鹏，最后丁鹏担任了市场部的新经理。

丁鹏的工作表现，让他迟早会成为老板最喜欢的中层管理者。对于是否升迁、是否获得利益和更多认可，他并不是不重视，而是首先要保证工作的业绩，并不因为小我的内心感受，而动摇自己的工作状态。因此，即使短期内他可能被埋没，被压制，最终还是会成为脱颖而出的人才，受到高层的瞩目。

修炼之道

1. 眼界——决定你的目标

眼界是中层管理者工作时关注的内容。可想而知，眼界太狭窄，每件事情的目标都是让自己获得收益，而不是为企业谋求利益，那么，必然会导致你对工作的意义认识不清。有个人利益的就趋之若鹜，没有个人利益的就唯恐回避不及，这样"现实"的表现，一不小心就会流露出来，不仅影响工作状态，同时也会被公司高层领导察觉到，有损他们对你的评价。

与其拘于这样的眼界，不如像案例中的丁鹏一样，学会把目标放到更高的层次中去。首先为企业带来利益，而不是仅仅谋求自己的目标。当你的眼界扩大，目标变得更长远更广泛时，你的工作状态就会持续保持着激情，那样，你的工作表现就会越来越优秀。相信通过自己的努力，将会有更好的收获。

2. 心境——决定你的状态

案例中，丁鹏遇到这样的上司，并不是自己可以改变的事情。当然，他可以选择跳槽来改变工作环境，但是，谁又能保证以后不会遇见这样的上司？所以，保持心境的平和，是内心平衡工作能力稳定发挥的前提。

中层管理者最需要的就是稳定的心境，它需要你能够尽量平和地看待一切问题和矛盾，不受到周围人的影响。试想，假如丁鹏没有一种好的心境，不能淡然接受自己遭遇的"不公"，成天心里纠结不安，计算自己的付出和回报，当最终高层考察他的时候，又会获得什么样的评价结果呢?

3. 追求——决定你的层次

中层管理者在工作中的追求,决定了他今后发展的层次。

每个人固然有自己不同的追求,这本无可非议。然而,想要获得更大的成功,一定在机会到来之前就树立起相应的追求。否则,就算你的工作能力配得上更高的平台,追求不同也会成为你上升的阻碍。

 修炼要点

(1)低层的境界:拿好工资,做好分内事,不求有功,但求无过。这种追求是很多普通员工的实际追求,虽然他们也曾经有过雄心壮志,但是在现实的失败和困难面前,他们轻言放弃,很快坠入到追求平庸、甘于满足现实的状态中。

(2)中级的境界:只追求不断升迁、不断提拔,用一切方法谋求个人的利益,表现个人的能力。这种追求目的性强烈,甚至多少会有些不择手段的嫌疑,拥有这样的追求,虽然会点燃你的工作热情,始终保持亢奋的斗志和欲望,从而具备战胜一切困难的基本条件,然而,这种追求毕竟境界不够,所以顶多算得上小聪明,难以成为大成就。

(3)高级的境界:做好事是本分,无论自己是否能够获得升迁与提拔,无论环境有利还是不利,始终能保持"不以物喜,不以己悲"的平淡,始终能保持追求业绩提高获取成功的热情。当你拥有冷静的心态和热情的大脑时,你的工作潜力会发挥到最大,最终获取令人瞩目的成功。

4.2 管理人先要学会被管理

怎样做好"被管理"的管理者

- 学会被管理，积累管理经验
- 学会被管理，成为团队示范
- 学会被管理，体验员工心态

管理和被管理，字面看起来是一对矛盾，其实两种角色共存于一身，在团队的运作中并没有什么矛盾。

即使你担任的是重要的部门岗位领导，也并不意味你就不再是雇员，不再是接受老板管理的员工。相反，因为身上肩负的责任，在你所处的岗位上，更应该成为一名合格的被管理者。

通过被管理，你可以积累更多的管理经验；通过被管理，你可以以自己的表现说服下属树立示范；通过被管理，你可以更清醒地认识到员工心态。所以，我们不能不承认的是，做好被管理者，中层管理者才能最终掌握管理的真谛。

善于"被管理"才能成熟

公司最近重申规定，作为代表企业同客户接触的售后服务人员，在接待客户的时候一定要穿着工作服、佩戴公司标志，并保持微笑、尊重的态度，从而打造公司的统一形象。

文件下发到售后部，经理黄莺带领大家仔细学习了规定，同时她要求，所有员工从明天起，一旦发现违反规定的情况，要立刻记录，扣除当月绩效奖金 100 元。员工们感到规定的重要性，纷纷记录在工作笔记上。

几天后，恰逢某大客户来到售后部交流某产品的使用问题。黄莺带领几名员工接待了客户代表，沟通过程很顺利，没有产生任何问题，很快结束了会谈，送走了客户代表。临解散时，黄莺突然发现，由于接待客户匆忙，自己忘记佩戴了公司的统一标志。她脸上一阵发烧，当着下属的面，她宣布，自己由于工作疏忽大意，忘记佩戴标志，违反了公司的规定，所以，扣除当月绩效奖金 100 元，月底兑现，大家可以监督。

大多数员工们其实并没有注意到领导的细节问题，有些人注意到了也认为一定会不了了之。这样一来，大家反而发现黄经理的确是个铁面无私，严格执行公司规定的领导，她连自己身上的问题都不会放过，主动接受惩罚，何况对手下呢？从此以后，员工们更加服从黄莺的管理，工作中出现的问题和失误也越来越少。

黄莺其实本可以装作没有发现自己的错误，从而避免经济利益的受损。然而，她采取的行动应该说比起 100 元的经济损失来说意义大得多。通过这样的"自我惩罚"行动，她等于再次重申了规定的重要性，并取得了比任何语言都更充分的效果。

 修炼项目

1. 管理经验来自对管理者的观察

如果中层管理者感到自己已经是领导，可以不用再安心担任被管理者的角色，甚至触犯规章制度也无所谓，那么，这种心态一定会导致你不再去留意上级的管理方法，失去更多的学习机会。

上层之所以能够站到他今天的位置，一定积累了相当充分的管理经验，是值得你去效仿和学习的。但是，只有你去主动适应他的管理，才能近距离接触到其管理方法，从而学习到更多的管理经验。

2．领导的行动，是团队成员的示范

主动扮演被管理的角色，并不会影响中层管理者的权威和尊严，相反，处理得当，会更加便于你今后的管理工作。

比如，当自己触犯工作纪律的时候主动接受处罚，或者当领导有所指示的时候第一个行动。你这样的表现说明，任何人在集体的规定面前都不存在特权，团队内哪怕是负责人也没有任何游离于规则之外的可能。身教重于言传，这样的事实会帮助你无言地提醒员工注意行为分寸，也加强了你管理手段的说服力。

3．了解员工心态，从被管理过程中获得

从心态上说，想要管理好员工，必须要了解被管理者的想法。如果你永远都是站在"管"的角度想问题，设计方法，自然难以取得充分良好的效果，只有通过不断地在"管"的同时体验"被管"的角色，你才能更好地了解员工的感受，换位思考他们的想法，从不同角度来设计管理手段，分析方法的得失，提高管理效果。从这个意义层面来看，中层管理者"被管理"是一种必不可少的工作经验积累。

 **修炼要点**

（1）扮演被管理者并不丢人——不少中层管理者认为自己是团队核

心，如果让其他成员发现自己在老板面前也只是普通一员，会影响自己的权威感。其实，自命不凡、处处挑战规则的人，如果对他人强调规则，才会缺乏说服力。

（2）经验开始于被管理阶段——绝大多数人都不可能一进入职场就担任中层管理干部，然而，有的人在处于单纯的员工角色时，就能有意识地学习上级的管理方法，会分析管理手段的成败得失，这种善于学习和总结的心态，决定他今后走上领导岗位以后依旧能保持良好的角色感，不断地吸收更多经验。

4.3 发展需要承担来加速

得力中层管理者需要承担的责任

- 及时向老板承诺的责任
- 敢于向任何人承认失误的责任
- 有勇气为下属分担责任

中层管理者的发展是否顺利，不仅来自实在的业绩，更受到个人职场形象塑造过程的影响。

在不同的工作压力下，都能够肩负领导的希望、下属的期望，你就会自然而然地形成坚实的领袖气质，从而在上下两级人的眼中变得越来越可信赖。反之，平时夸夸其谈或看似水平不一般，一旦遇事惊慌失措，只想及时撇清自己的中层管理者，即使工作能力非同一般，最终也难以获得人们的认可。

所以，中层管理者的个人工作舞台是否能够得到提升，注定同他承担多大的具体责任联系在一起，同时更离不开在承担过程中体现出来的个人潜力。让别人在你一次又一次肩负责任的过程中，看到更真诚更成熟更有担当的你，远远胜过不切实际的浮夸展示和表演。

做有担当的核心——团队责任就是你的责任

"这份报告怎么回事，你看看，数字前后都不对，你到底是怎么做的！"老板咄咄逼人地质问着办公桌前的小梅，她低着头，一言不发。旁边站的是小梅的主管蒋盛。

看见小梅的报告被老板挑出这样的毛病，蒋盛脸上也很难堪。更严重的是，这份报告明明经过自己的审阅，只不过当时忙着做其他事情而没有发现问题。现在蒋盛内心暗自后悔不迭，早知道小梅这种新手会犯这样的低级错误，他就多检查几遍了。

现在蒋盛最担心的还不是老板的不悦，而是害怕小梅说出事情的经过，让老板把指责的矛头转向自己。他连忙顺着老板的意思，也批评了小梅几句，同时还没忘记撇清自己："你说你，做好报告都没给我看看，怎么就直接交给上级了呢？"

小梅张了张嘴，想要解释什么，最终还是没有说话。老板自然也没有发现蒋盛的过错，决定扣除小梅当月的绩效奖。

不久之后小梅辞职了，办公室里纷纷传言老板处事不公，只知道处罚基层员工，却不知道追究部门领导责任。蒋盛总感觉背后有人在议论着自己……

很难说蒋盛是一个有担当的中层核心，他不敢承认自己在带领团队工作中的疏漏，更不能站出来检讨自己的错误，把所有问题都推到下属身上。这样一来，下属成为他的"掩体"和"炮灰"，可想而知，这样的中层管理者在下属心目中有着什么样的分量，又怎么能得到下属大力的支持呢？

这是作为中层管理者要担当的责任中最基础也是最重要的一点，除此之外还有和上级公事时要承担的责任，那么具体我们要怎么做才能让上下两级都看好自己，就成了迫在眉睫的任务。

 修炼项目

1. 适时立下"军令状"，让老板放心

承担责任需要你适时地表示完成任务的信心。

作为中层管理者，你是具体负责工作进度的直接领导，而你的老板只能通过你的信心来预测工作是否能顺利完成。因此，及时地立下"军令状"，表示自己将全力投入，能够让老板充分了解你个人的决心和信心，也借此提高你在老板心目中的定位，体现出个人的能力和价值。没有一个老板喜欢什么责任也不愿意承担，只就是"我试试看能否完成"的手下，因为这通常都意味着难以全力投入，无法保证最后的结果完满。

2. 知错能言，知错能改

中层管理者应该具备面对错误勇于承认和改正的良好心态。

首先，中层管理者也会犯错，"因为身处领导位置而不出现任何错误"这种事情，既不现实，也不可能为大家所相信。因此，与其让下属在背后议论自己的错误，不如干脆承认自己的确出现失误和偏差，将问题放

到公开的角度，以正确的心态，面对自己的错误。

其次，中层管理者还应该学会积极改正自己的错误。改正错误并不是下属的专利，中层管理者自身不断改正错误也能够提高自己的工作效率，改变工作过程，打造更好的工作环境，形成更好的团队气氛。

3．下属有错，你就有错

中层管理者不可能只为自己的工作结果负责，你应该明确，之所以带领团队，就意味着为要团队负责。在享受团队工作创造的成绩和荣誉的同时，也应该承担团队工作可能带来的问题和风险。

因此，一旦团队中的一员出现错误，也就意味着你的管理上存在漏洞，肩负着同样的责任，需要有不同程度的自我反省和改变。

 **修炼要点**

（1）面对老板的要求，作为中层管理者首先应该表示出自己能够很好完成的决心。有的中层管理者过分担心工作实施中可能遇见的困难，提前设想问题，这虽然是必要的工作准备，但不需要在老板面前过度表现，否则，很容易让老板感到你是在为失败提前安排借口，不仅显得毫无信心，更有推脱责任的嫌疑。

（2）在公正、公平、客观的前提下，中层管理者应该适当分担下属身上的压力。比如，下属限于能力或者经验没有做好某件工作，老板批评他的时候，你应该表现出自己的反思和责任感，如果只站在老板一边，不仅让下属更加无地自容，也会让老板心生反感，产生"难道就没有你的责任吗？"的想法。长久以往，你的形象将大打折扣。

4.4 工作态度来自人生态度

得力中层管理者应具备的人生态度

- 拼搏进取，永不服输
- 抵御诱惑，从不懈怠
- 在意细节，追求完美

"工作是工作，生活是生活"。这是来自西方的观点，正在迅速流行于当下的企业员工群体文化中，对中层管理者的影响也不容小视。

然而，每个人的生活观和工作观真的毫无关联吗？人生态度真的同工作态度会互不干涉吗？答案当然是否定的。

无数活生生的事实证明，人生态度负责、积极、向上的员工，他的工作状态才能保持平稳、进取、奋斗；人生态度随意、或者个性锋芒太过强烈，那么，即使短时期内业绩令人眼前一亮，也终究无法在成功的道路上攀登更久。

无论哪种文化背景，什么样子的员工群体，任何人的工作态度终究是他人生态度的一个具体反映。如果没有正确的人生态度作为背后坚实的保障，他的工作成绩即使能有一时提高，也终究因为得不到内心强大的后继力量，而功亏一篑。

做人决定做事——从改变个性开始

小钟和小易同期毕业，同时进入某公司销售部门，由于工作能力突出，工作表现优异，几年后，两人又被安排到各自不同的中层管理者位置上。

然而，又过几年之后，小钟依旧在中层的位置上停滞不前，而小易已经被提拔到副总助理的位置上了。究竟两人有什么样的区别呢？了解的同事说，人生观的不同，决定了两人发展的轨迹走向。

起初，小钟潜心钻研市场，调查客户，忙于业务，取得了不小的成绩。但是，渐渐地，小钟发现销售工作遇到了瓶颈，想要继续以很快的速度扩张业务已经不可能，既然没办法再赚更多的奖金，小钟感到是"享受"成果的时候了。于是，小钟开始天天以陪客户为名，安排各种酒宴、娱乐等活动，经常玩到夜里才回家，上班的时间也变得越来越不规律。

而小易的发展也遇到了同样的瓶颈，不过，当他发现困难所在的时候，并不是承认自己的失败，而是想办法分析市场今后的变化。通过自己的学习和提高，他发现，旧的销售模式迟早会被淘汰，只有开发新的销售渠道才有重新扩大发展的可能。通过自学，小易掌握了电子商务平台的推广技术和经验，并为公司取得了新的业绩增长点，也因此受到高层的赏识。

人生态度的不同，最终决定了两个人工作态度的差异，决定了两种发展轨迹。

如果小钟能够端正自己的人生态度，不轻易认同自己的失败，不因为娱乐而耽误自己的发展，那么，很难说副总助理位置会是谁的。就像人们常说的，个性改变命运，而你对待工作的态度便是个性的一部分。

修炼项目

1. 人生的字典里不应有"认输"

想要成为一名得力的中层管理者，一定要具备坚强的意志、顽强的毅力、强大的内心力量和精神支柱。如果你以前并没有注意这方面的培养，那么，不妨从现在开始就重点发掘这些方面的潜能，重视这些方面的理念挖掘。

我们常说的工作态度并不仅仅局限于你对待工作的认真程度，还有许多内在的深刻含义在里面，就像是案例里这种不认输的态度，对于你的工作同样有着重大的促进作用。

2. 态度端正，认真工作

现实情况下，很多时候完成一笔生意，需要一些商场外的招数。这种时代和环境的特点，决定了中层管理者同客户交流的场合与机会比起基层员工要多得多，这时候，中层管理者不可避免地会出入娱乐场所，接触各种各样的人群。

面对社会上多种多样的诱惑，有的中层管理者能够坚持自己内心追求，只是把社交娱乐看成一种促进工作的手段，而有的中层管理者则认为这是体现自己能力价值的所在，尽情享受，以致迷失方向。

正是由于上述的人生态度不同，同样能力的中层管理者有的能够保持清醒，稳步上升，而有的则只能停滞不前，玩物丧志，最终被新生力量所淘汰。

3. 适当的完美主义才会有成功的人生

过分追求完美主义的人，往往会将自己搞得身心疲惫，但合理的、适当的追求完美，却可以督促你把事情尽所能地做到最好，有了这种做事永争第一的心态，对于圆满完成工作是很重要的。

　　想要拥有适当的完美主义，仅仅在工作上要求自己做到完美是不够的。对完美的追求应该涉及生活的方方面面，逐渐培养起自己一丝不苟、力争最好的性格特质和人生态度，才能反过来影响你的工作态度。

 修炼要点

　　（1）不轻易认输的性格并非仅仅表现在口头或者内心，最重要的应该是行动上的不认输。只有不断弥补自己的缺点，找到自己的短板，才谈得上真正的不服输。而心里不服气，行动上却依然故我的人，并不能称为坚强的性格。

　　（2）如果想培养自己追求完美的人生态度，不妨首先从衣着举止做起。时刻想到自己是带领一个团队的领导，而不是一个默默无闻没有人关注的小职员，你就会在意自己的形象，时刻保持言谈行为上的成熟稳重理性得体，以此为起点，你就会克服更多的缺点，培养出更多的良好习惯。

·4.5 感恩心态：发展离不开的动力

中层管理者应该如何学会感恩

- 感激家庭对自己的支持，为他们努力工作
- 感激老板的知遇之恩，回报他的肯定
- 感激下属和平级，向他们展示你的贡献
- 感激客户，他们给了你职场的舞台

正如同奔驰的汽车一样，中层管理者不断地发展同样离不开持续的动力。然而，究竟什么才是个人发展的最佳动力呢？不同的人因为各自的境界不同也有不一样的答案。

有的人认为，金钱和物质是个人发展的最佳动力，有了良好的工作业绩，就意味着能享受到更多奖金、分红等的收入。然而，追求这些物质利益的过程，终究会碰到瓶颈，当你感觉到自己不再轻而易举就能提高收入时，是否也意味着你工作热情的熄灭呢？

还有人说，对权力的追逐是个人发展的最好动力。有了权力，就意味扮演着更重要的角色，实现更多的个人抱负，控制更大的领域空间。然而，权力的背后是责任，如果意识到地位上升之后，权力将带来岗位职责的风险，中层管理者是否会因此不再渴望继续发展呢？

其实，真正的个人发展动力应该是良好的心态：感恩，即出于感激家庭、老板、同事和客户的心态而工作，只有这样，你的发展才能克服

一切艰难险阻，突破一切瓶颈制约，成就长期的辉煌和顺利。

感恩让你更有动力——学会感激所有人

林主管最近很烦，看什么都感觉不顺眼：老板要求越来越苛刻，客户越来越难缠，下属越来越笨，连办公室的空调似乎效果都不如去年好。

这种烦恼的情绪影响到了部门的每一个人，让大家都有种说不出来的郁闷和烦躁，说话的时候空气中似乎都带着一股火药味。

正是这空当儿，公司分来了新人小唐，他刚刚大学毕业，是从农村来到城市工作的，试用期工资一个月才 1 500 元，同事们纷纷为他抱怨说太低了。他说："不低了，老板能给我这个机会我已经很满足了，比起在老家种田的同学要好得多。以后还要靠各位前辈多多指教。"

对林主管，小唐更是尊重有加，每次请教林主管问题都是毕恭毕敬。和同事相处，也是大哥大姐地称呼不停。渐渐地，从小唐身上，林主管似乎看到自己刚毕业时候的青涩和单纯。他不禁在日记中写到，"走到今天，其实并不容易，多亏了很多机遇，也多亏了朋友和领导。应该调整心态，学会感恩"。

从第二天开始，林主管像换了一个人一样，变得神采飞扬，干劲十足，虽然还是会遇到烦恼和压力，每次情绪低落的时候他都会从小唐身上找到感恩的情绪，并改变自己的工作状态。一年后，小唐正式入职了，在部门举行的聚餐上，林主管敬了小唐满满一杯酒说："年轻人，你总是在谢我，其实，我也要谢你，你启发了我感恩的心态！"

由于各种因素，林主管的工作心态发生了偏差，不能正确面对压力，也不能客观看待工作环境中的不同因素。

所幸的是，他及时利用新人的表现来提醒自己，学会感恩，学会分享他人的经验和心态。最终，他获得了平和的心境，获得了工作的热情，也终于突破瓶颈，走向更宽广的事业坦途。

 修炼项目

1．感恩的情绪化解内心压力

中层管理者工作岗位上，不仅工作业绩是现实的压力，如何妥善处理来自各方的人际关系压力，也是一门工作艺术和学问。尤其是中层管理者内心的压力，如果调节不当，更会让自己产生无穷无尽的烦恼。

想要化解自己内心的压力，重要的工具之一就是感恩情绪。当你注意到自己存在抱怨、愤怒、不耐烦、厌倦情绪的时候，不妨主动想想自己一路走来的不易，回忆下一路上别人对自己的帮助，从而化解内心的负面情绪，调整出最佳的工作状态。

2．感恩的眼光看待周围环境

中层管理者身处的工作环境并不可能总是一帆风顺，也不可能总是有最好的工作条件。

因此，与其因为环境的不顺利而怨天尤人，指责别人，不妨多想想环境的正面因素，正是这样的环境在每天支持着自己的工作。换一个角度想，如果环境已经100%完美，不需要你的工作来改变，那么，老板还需要中层管理者做什么呢？

尝试接受你的工作环境吧！虽然它有着各种各样让你不满意的地方，但是毕竟是属于自己的一方平台。千万不要失去这样的平台才发现它的可贵。

3. 感恩的态度提高工作质量

工作并不仅仅是一种谋生的手段，工作是对自己能力的彰显，是对潜力的挖掘，同时也是挑战自我、挑战压力的乐趣。

因此，中层管理者应该用感恩的心态来看待自己的工作，把工作当成展示能力的机会，看成事业发展的机会。当你学会感激工作而不是讨厌工作，当你学会主动体验工作中的乐趣而不是只会抱怨工作中的压力时，你才能够获得工作质量的充分提高。

 修炼要点

（1）感恩是一种自我暗示，是一种良性的刺激，你应该在各个方面的细节里不断地为自己寻找这种情绪。起初你可能会感到不适应，难以接受，但日积月累之下就会形成良好的正面影响，使你看到的正面因素越来越多，而负面因素越来越少，工作态度会发生明显的变化。

（2）感恩应该有具体的对象。不要把别人做出的一切都看做理所当然，非要别人为自己做出相当大的支持和帮助才想起来感恩。比如，下属常年坚持中午加班半小时，在某些中层管理者看来视若无睹，而在另一些中层管理者看来则是对自己团队的奉献和支持并给予表扬。可以想象的是，两种态度取得的结果势必不同。

第 5 章

修炼 2·执行力：
杜绝对上对下喊口号 100% 执行

得力的中层，能力不仅仅在于喊出口号，

而在于率先行动，身先士卒，用迅速的执行力，取得工作的结果，

执行力，是中层赖以生存的第一要素，

结果， 是中层应该提交的首要绩效。

5.1 工作有结果，才是硬道理

提交工作结果的重要性

- 工作提交结果，才能形成业绩
- 没有结果，无法履行自身角色
- 最坏的结果就是没有结果

完成上级交代的每一个工作任务，是中层管理者最基本应该履行的岗位责任。

工作任务完成得如何，直接决定了中层管理者在老板眼中的表现。中层管理者通过及时完成工作，及时提交结果，帮助企业获取更多的利润，才能获得自己应有的发展机会。

相反，如果身为中层管理者，不能及时提交结果，总是在强调困难和阻碍，以此作为推脱和逃避的借口，那么最终将会导致老板对你信任的丧失。当老板发现你是否介入工作，对结果影响并不大的时候，也就说明你自身的地位和价值岌岌可危了。

因此，工作追求结果，执行力保证结果，这样的铁律，才是中层管理者发展的硬道理。

看重结果——目标塑造执行力

老板让薛洋的小组负责一个新客户要求的项目开发工作，由于项目仓促，没有进行足够的准备，也没有充分的背景资料。开始的第一天，薛洋心里就直嘀咕："这能完成吗？"

结果，薛洋的状态影响到手下的员工，员工们谁都不希望问题出在自己岗位上，工作过程因为责任的划分和无谓的讨论变得越来越慢，大家在工作中难以形成稳定统一的合力，往往一个步骤、一个细节都会发生争论，然后讨论半天。至于工作结果反而没人重视起来。

眼看期限已过半，某天，老板把薛洋找去，问道："薛主管，你这个项目完成得怎么样了？"

"老板，问题可多了！客户对项目的意图交代得并不清楚，加上我们小组从来没做过这样类似的项目……"薛洋觉得一定要让老板知道自己面对的困难，才能显示出自己的努力。

老板皱着眉头说："你以为我不知道项目的困难？如果任务没有困难，我交给你们做什么？都到这个日期了，你怎么还在跟我强调问题？为什么还没有结果？我需要结果！"

薛洋这才明白自己强调的"努力"工作被老板当成推诿责任，他连忙保证一定紧盯结果，统一员工的思想，不再纠缠过分细节的问题，及时提交出结果。

由于薛洋自己明确了目标，他带领团队排除了各种困难，最终提前完成项目上交了结果。虽然结果并不是最优秀，但看到项目有了结果，老板的脸色还是阴转晴。薛洋算是吸取了这次的教训……

薛洋起初没有表现出追求结果的态度，受到了老板的批评。其实，老板需要看到的就是中层管理者对结果孜孜不求的态度，并通过这种态度影响其他员工。你不妨从薛洋的案例中吸取教训，在今后工作中时时刻刻以老板想要看到的结果作为工作的目标。

修炼项目

1. 围绕结果展开行动，体现中层管理者的作用

中层管理者自身的工作行动应该具备强烈的指向性，只有目标明确，意图清楚，你的工作之路才能走得顺利而踏实。

不仅如此，你还应该带领整个工作团队围绕结果来研究工作方案，制定工作计划，在你的影响下，手下员工能形成共同的工作目标，追求完整统一的工作结果，才能具备获取良好成绩的可能性。

2. 及时提交结果，对集体和老板才有交代

中层管理者提交工作结果应该及时，才是对集体和老板的充分负责。

如果没有明确的结果，中层管理者即使付出了再多努力，尝试了再多的方法，最终也往往形成出力而不讨好的局面。对于老板来说，结果至上，结果第一，过程并不是老板关注的重点，你也不可能依靠过程来说服客户，占领市场。

3. 观察结果，不断修正团队的工作方法

结果来自方法，反过来，结果也可以影响方法。

工作的过程并不可能总是按照既定的计划和步骤来开展，即使这些计划步骤曾经取得过成功，或者经过精心的安排和设计，也并不说明不需要结果的指导来修正。因此，看重结果意味着随时跟进结果，得出经验，并运用到方法的修正上，从而获得今后工作中更顺利的过程，更成功的结果。

修炼要点

（1）对结果应该有良好的期待和充分的信心。作为中层管理者，如果团队的工作尚未开展，就认为结果注定无法成功，那么，员工的积极性势必大受打击，工作也将停滞不前。

（2）不要用推脱来应付老板对结果的催促。即使结果尚未出来，你也要学会及时向老板报告进度，作为老板来说，最讨厌的结果就是没有结果。没有结果，意味着公司整体计划的停滞，意味着团队竞争力的减退，没有结果，老板无从考察你的工作进展和工作态度。

5.2 没条件也要先执行

执行第一

- 过分强调条件，无法迅速执行

- 通过执行创造条件

- 在执行过程中寻找资源

任何工作任务的完成，都需要有具体的执行细节，而保证每一个细节步骤的成功，必须要有合适的条件平台。条件是否完备，会影响工作最后的结果。

工作需要条件，但并不意味着万事俱备之后才能开始行动。执行工作的过程并不是简单的拼图游戏，当然不可能有谁为团队准备好充分的材料和提示，成熟而优秀的员工，总是会在执行工作的过程中寻找机会、创造条件、获得资源、保证工作的顺利开展。

强调执行速度，是中层管理者良好的工作意识，如果能够做到在每一件工作任务的过程中都坚持这样的意识，最终，中层管理者会形成良好的工作习惯，并从中不断获益。

执行速度：工作出色的重要基础

某日化企业上层决定把面向 H 市展开产品营销的工作交给市场部孙涛的团队去完成，如果这个任务完成顺利，会填补企业销售领域的一大空白。

孙涛一回到自己办公室就开始研究 H 市，他发现，H 市作为一个县级地区，消费能力并不高，相对本企业产品较高的定位，并不一定能产生集中稳定的消费人群。很明显，营销工作的条件并不理想。

但是，这时候再去进行针对性的市场调查已经来不及了，不管如何，孙涛决定先行动起来。他思考了一会，决定先从该市的公务员群体入手，因为这在当地算是一个收入较高、文化素质较高的阶层，应该有可能接受产品。

于是，孙涛和他的团队在该市各政府机关附近的繁华地段设立了宣传和试用摊点，并把精干人员安排在了中午政府部门休息的时间去推广商品。果然，为了打发午休无聊的时光，不少女性公务员出来逛街时会发现这些摊点，并咨询和试用，还开始有人购买。几天后，在群体效应的带动下，购买的人越来越多。

经过一个月的宣传，产品在 H 市已经有了立足之地。孙涛满意地笑了，他把结果向上级汇报，说展开下一步营销工作的条件已经具备了，他建议在此基础上寻找经销商，在 H 市长期销售。

虽然完成工作的条件不够，但是孙涛能够自己通过思考，找到最合适的道路，并予以突破，最终扩大战果，形成下一步工作的条件。在孙涛的工作思路中，条件并不一定非要是准备好的，通过工作创造出的条件，更加可以依赖和相信。

 修炼项目

1. 过分看重条件，会导致工作难以开展

工作条件的确需要充分准备，然而，总是指望条件充分才去执行，这无异于不切实际的幻想。中层管理者应该学会在各种环境和条件下迅速进入工作状况，强调主观因素，而不是一味强调困难。

其实，你应该明白的是，越在乎条件是否充分，你的顾虑越多，工作阻力也就越多，而越是能忘记条件的缺失，以 200% 的状态投入工作，也就越能够弥补工作条件的不足，从而顺利推进工作进程。

2. 条件来自创造，创造必须要有执行过程

工作条件并不会来自他人的恩赐和帮助。作为中层管理者，自己创造出的工作条件，往往更符合实际需要，也就能起到更大的作用。

因此，在工作的执行过程中，中层管理者应该有意识地创造出为结果服务的条件，通过创造条件，形成良性循环，从而不断地提供给自己工作上前进的持续动力，给自己带来更好的发展前景。

3. 通过执行的过程，发现工作资源

工作的过程需要有员工的实力支持，需要有中层管理者的个人才干，更需要有广袤的工作资源。

比如，客户介绍的关系脉络、其他单位提供的技术支持，等等，这些工作资源能够对工作产生很大的作用，但又往往隐藏在事物表面之后，

并不是一眼就能发现。只有迅速行动的中层管理者，才能第一时间发现其发挥作用的方式，体验其真正蕴藏的价值，相反，犹豫不决、不敢果断行动的工作方式，只能白白地让宝贵的机会从身边溜走，浪费富于利用价值的工作资源。

修炼要点

（1）执行力第一，意味着即使你明知道条件准备不充分，也应该果断选择迅速行动。迅速行动并不意味着不加思考，胡乱出击，而是在最短时间内先做出最容易判断的选择，并从中得到下一步工作的启发。

（2）强调执行力并非忽视条件的重要性。很多情况下，条件如果准备不足，即使执行速度再快，也始终无法达到老板想要的结果，更达不到自己发展和上进的目标。

在执行的过程中，主动发现条件，善于创造条件，这意味着发挥执行力同追求条件的结合。如果把两者孤立，执行力就会变得漫无目标，同时会因为缺少足够的工作条件支援，最终走进死胡同。

5.3 行动中统一思想

思想决定工作效率

- 团队必须要有统一的思想
- 中层管理者是思想核心
- 通过行动才能影响员工思想

　　无论团队大小，公司背景，企业的中层管理者其实都面临着如何统一员工思想和认识的问题。有了统一的思想，才谈得上统一的行动，从而获取强大的凝聚力和工作执行力。

　　然而，统一的思想并不仅仅是通过开会、交谈或者命令就能够获得的，正如同一支军队缺乏有效统一的战略思想贯彻过程，指挥官只会发布命令，而从不解释命令，那么，毫不理解领导意图的下属，只能用纸面的命令作为指导，从而不能协同一致完成战术动作，取得战役的胜利。

　　中层管理者如果只会采取普通的行政手段，虽然看似履行了工作职责，实际上却是一种对行动的不负责任的做法。因为他不会通过在集体的工作行动中，加强观察下属的思想动态并予以协调，解决各自不同工作思路、设计和方法带来的内部矛盾，因而无法通过协调行动，获取业绩。

执行过程平息争议——喊口号无法解决

　　品牌专卖店店长石然接到上层布置的任务，本季度需要提高门店销售额10%，否则要扣绩效奖。她在会上宣布了这个目标以后，几名重要的员工无不怨声载道。

　　小 A 带头说："店长，上面太不了解情况了，现在我们这里的消费力已经释放饱和了。怎么再提高10%的销售额啊？"这样一说，其他的人更是随声附和。

　　石然看出来员工的思想同目标有分歧，她镇定地说："上面这样布置一定有他们的根据。好在时间还来得及，大家不要太紧张，来，我觉得首先我们还是一起想想，店面的布置是不是可以更改一下，面貌一新，创造出更适当的消费环境。"

　　看到店长态度并没有什么变化，员工们的内心波动逐渐平息下来，她们开始共同商量店面的布置，参与的人从少到多，提出的建议也各自不同。在石然的综合考虑下，最终形成了一个集体赞成方案。

石然很快着手。带着大家重新安排衣架摆放次序、营造消费气氛。在她的影响下，大家都越来越相信目标可以完成，脸上的笑容也灿烂明朗起来。

重新布置门面的过程中，石然还同几位组长进行了交流，请她们提出更好的主意来提高销售业绩。很快，一个季度过去了，由于在工作中逐步统一了思想，平息了争议，专卖店顺利完成了销售额增长的任务。

一开始，下属由于不了解而质疑上级的任务指标，导致了思想上的分歧，如果石然对此种情况熟视无睹或者强行命令接受，都起不到最终激发所有员工工作能力的效果，反而引发员工更强烈的不满。石然从最简单的事情入手开始工作，重新培养员工的信心，解决他们的思想问题，并由此尝到了步调一致、克服难题的好处。

 修炼项目

1. 注意员工的思想状态，不仅仅要他们的行动

执行力第一，并不意味着执行力唯一，如果中层管理者看到员工的行动就觉得大功告成，可以高枕无忧，终究会受到结果失败的惩罚。

事实上，所谓的执行力应该是思考状态下的行动，如果你的下属思想尚未统一，各有各的想法，各有各的目标，那么，这种行动势必是松散而缺乏联系的，也就无从共同打造成功的结果，带给团队相应的成绩。

2. 履行核心的责任，影响下属而不是被他们影响

中层管理者是团队的核心，团队的行动应该带上你思考的烙印，而

不是各行其是，放任自流，随意按照每个人的个性来解决问题，执行工作。

所以，你应该充分履行自己身为核心的责任，认识到自身输出工作理念的必要性，及时充分地影响下属，而不是被他们所影响。如果中层管理者缺乏理念的培养、观念的学习，如果中层管理者不能充分带动下属而是被下属带动，最终反而会失去核心位置，仅仅成为行政级别上所谓的带头人，而并不具备任何实际的影响力。

3. 在行动中发现分歧，在行动中解决争议

员工之间个性的差异、工作模式的分歧，如果不通过工作，往往难以暴露。

因此，中层管理者不妨把集体行动的工作当成暴露内部思想问题的机会和平台，在执行的过程中，随时注意发现下属存在的思想问题，探寻解决之道。将执行过程和统一思想过程结合起来，先统一思想再去执行，执行中不断继续统一思想，执行后及时反思调整思想，这样，两者相互影响相互促进，最后达到提升部门能力的效果。

 修炼要点

（1）协调员工的思想状态，应该采取多种方式方法，比如，共同学习成功案例、共同检讨失败错误、共同发现漏洞和问题，等等。但这些方法的实行，必须是在中层管理者尊重员工思想价值、认识员工个性特点的前提下进行的。

（2）工作行动中如果出现分歧，不能妥善解决的话势必影响工作效率。

　　这种情况下，一方面中层管理者应该继续追求结果，不要停止手上的工作，另一方面也应该抽空让出现问题的员工理性地分析，在谈话中对他们晓之以理动之以情，重申共同的利益和目标，尽量做到平息争议，化解分歧。

　　即使不能完全解决矛盾，你也要在最短时间内求得步调一致，完成工作结果，更多的问题可以留待工作完成后再继续讨论。

5.4　制度保证结果

有好的制度才有好的结果

- 保证制度执行，是中层管理者的责任
- 制度应该围绕工作目标打造
- 平时强调制度，关键时刻才能发挥作用

　　管理是手段，而不是目的，制度是工具，而不是摆设。管理的意义在于强调工作纪律，协调工作分歧，使每个人的个性能够适应团队的共性，将每个人的利益放进集体利益里。而制度在这个过程中，有着举足轻重的地位。

　　制度是一种保障，它可以确保中层管理者能够有效地控制团队工作的进程；制度是一种规范，它可以帮助下属对照自身改变缺点；制度更是一种团队共同遵守的契约，从而让每个人更有效地融进集体工作，具备良好合作意识。

同时，管理制度同工作结果又是紧密相关的，任何制度都应该为了结果而存在。大而言之，是为了取得企业生存、发展、不断壮大的良性结果，小而言之，是为了获取团队和个人更多的绩效、奖励和发展空间的结果。因此，中层管理者在充分意识到制度价值的同时，更应该让下属明白制度存在的意义，确定每个人都能接受制度的内涵、分享制度的作用。

有制度才会有一切想要的结果

曹成所在的行政部有一项制度要求，请假必须要向主管提前汇报并填写请假表格，严禁随便不来上班。以前，大家履行的情况都挺不错，曹成被提拔为部门负责人后，不少员工都暗自松了一口气。

原来，曹成同大家的关系都不错，经常兄弟相称，在员工们看来，就算他担任了部门领导也不应该立刻"变脸"，像前任那样强调制度。果然，曹成的确在制度贯彻上松弛了许多，他觉得靠自己的能力和关系，即使不强调制度也能管好下属。他不仅允许几名跟自己关系不错的下属触犯公司禁令，还随便安排他们的工作给其他人做。慢慢地，部门内部的制度开始名存实亡起来。

不久，行政部接到一项需要调查以后及时上报的任务，需要全员加班进行统计。开始几天，几名老员工还能坚持同大家一起加班，慢慢地，他们开始利用曹成的制度漏洞，逃脱本属于自己的工作任务。结果，多余的工作任务只有累积下来，影响了整体进展速度。这时候，曹成才想到平时就应该坚持按照制度来管理，不给任何人以特权。然而，这时候再强调制度，还来得及吗？

曹成平时对工作制度不够重视，觉得管理是靠中层管理者个人的安排，自己的意志可以代替工作制度进行管理，自己的关系可以保证工作氛围的正常，在事实面前他吃到了苦头，才发现制度的重要性。"亡羊补牢，犹未晚也"，相信重新强调工作制度，打造集体工作气氛，曹成会重新得到团结完整的工作集体。

修炼项目

1. 制度不能纸上谈兵，必须严格执行

制度如果不能执行，而只是存在纸面上，其价值如同一张废纸毫无意义。制度的作用在于其管理效果，只有通过制度达到令行禁止、有效管理的效果，我们才可以认为中层管理者有效地利用了这项工具，达到形成合力的目的。

因此，你必须要把制度当成工作最重要的基础，反复强调制度的重要性，将之打造成为任何员工必须遵守执行的铁律。违反制度就意味着破坏团队利益，就代表着必然要受到惩罚，只有在这样的团队气氛下，每个员工才会严格要求自己，爆发出自己都不会想到过的优秀工作能力。

2. 重视制度，是为结果服务

重视制度并非是为了中层管理者树立自己的形象，或者提高自己的地位，更不是为了打压自己手下"看不顺眼"的员工，或者出于个人恩怨"处置"对方。这样做的后果只能是贬低制度的价值，让员工感觉制度只是你个人的工具，而不是为了实现集体利益的途径。

无论中层身处怎样的环境，始终要明白制度是为企业和团队服务，是为工作结果服务的。应该始终不懈地坚持强调制度的价值，让每个员工意识到制度的贯彻程度紧密地联系着工作的结果，工作结果则始终来自制度的执行程度。

3. 对制度不能"想用时再用"

"平时不烧香，临时抱佛脚"，不能不说，相当一部分中层管理者在面对制度的时候都存在这样的缺点。

没有充分暴露问题，或者不需要强调工作制度的时候，中层管理者自己常常想不起来防患于未然，视制度为无物，无形中助长了员工忽视工作制度的习惯和风气。一旦到问题严重，需要强调制度的时候，反而显得和平常的气氛格格不入，无法让下属心平气和的接受。

因此，制度不是"一用就起效"的万能药，只有平时多强调、多沟通，围绕工作制度来布置一切日常工作，关键时刻，才能用好制度，管好员工。

 修炼要点

（1）中层管理者强调制度，并非总是板起脸来重复纸面上的规章制度。不妨从员工自身利益出发，多渲染遵守制度获得的利益，违背制度必将受到的惩罚，这种从对方利益出发的角度，更容易让对方接受，引发他们自主的思考和反省，最终会起到比枯燥说教更有效果的作用。

（2）制度应该为工作结果服务。因此，制度并不是一成不变僵死固定的概念。对于不合理、无必要的制度，你可以适当地向老板提出修改的建议，对于部门内你有权力进行修改或废除的制度，则可以根据形势的发展和员工的综合表现，果断进行更新，以期保证制度始终符合现实需要。

5.5 "差不多"永远差最多

发挥最大潜力，才有好的结果

- 100%的目标，200%的努力

- 不要满足于现状，认为结果已经够好了

- 认识结果中的不足，吸取经验和教训

在职场上"混"的时间越来越长，工作经验越来越多，中层管理者在吸取其中精华的同时，有时难免也会"培养"出自己某些不良的思维定式，甚至反映到个人的工作口头禅上。其中，"差不多"就是最明显的一例。

对于老板无法提出具体明确量化要求的工作，有些中层管理者者总是感到做多做少一个样，做好做坏也一个样，只要想办法把客户应付过去就行，更不用担心结果究竟是不是最好。这时候，他们的嘴中常常有意无意地蹦出这样的句子，"这件事做得差不多就行了"。其实，他们并不明白，所谓的差不多，往往就是离题千里，毫无用处。如果一名中层管理者总是满足于"差不多"这样对工作结果的期望和描述，他的工作能力迟早将会下降，而工作积极性也终将荡然无存。

老板不需要"差不多"的结果

"李主管，最近你的手下跑销售结果怎么样？"会议上，老板询问负责销售的李威。

"应该差不多能完成工作任务吧。"李威含糊其辞地回答道。老板沉默地点点头。

其实，李威知道手下几名业务员存在很大问题，他们刚刚从大学毕业不久，没有实际工作经验不说，而且没有什么工作积累，更没有什么明确的职业发展方向。看着销售结果上不去，李威心里也挺着急的，但是他认为不能在老板面前表现出来，否则显得自己太无能了。

过了不久，老板又提出了相同的问题，"究竟完成得如何了？"

李威还是给以相同的回答，"我估计能达到目标吧。"

这次老板明显不高兴了，他让李威赶紧提交最近的销售情况报表。拿到报表以后，老板指着上面寥寥的成绩批评李威，说他为什么不早点反映，这种成绩能算"差不多"？老板立即安排了资深的销售员工进入李威的团队，带领新人提高业绩。

吸取了这次教训，李威从此再也没有随便说出"差不多"一类的话，他想，这种不负责任的词语，估计可以算是中层管理者的忌用语了吧。

李威不想承认自己领导的不力，更不想表示任务完成的不顺利，因此，他用"差不多"的态度来应付领导。然而，"丑媳妇迟早要见公婆"，采用模糊不清的态度掩盖问题，只能让老板自己发现问题，使问题看起来更加放大，更加明显。

修炼项目

1. 超额的努力，才能达到想要的结果

无论你工作准备有多充分，计划有多周全，都不可能完全防止工作中意外因素的干扰，也不可能看出所有的可能。

因此，与其持稍加努力就能成功的过分"自信"，不妨学会谨慎看待问题，将自己的能力看得低一点，成功的可能看得小一点，付出更多的努力，以求达到最好的结果。

"差不多"的态度则与此恰恰相反，习惯于说"差不多"的中层，不是缺乏工作责任心，就是不愿意承认缺点，不然就是对自己的能力盲目自信，以为不会出任何问题，即使有问题也只是细节。殊不知，细节上出现的问题，往往会把"差不多"变成"差太多"。

2. 结果是为客户服务的，需要得到客户认可

中层管理者说"差不多"，常常出于自己的观点，是否真的完成了工作结果，还需要客户或者老板来评价。

因此，当你下次想说"差不多"的时候，不妨给自己一个警醒——客户会不会同意你的说法？老板会不会同意你的说法？在你看来差不多的结果，或许在他们看来完全不能接受，完全看不到你付出的努力。懂得换位思考，从对方的要求出发来衡量自己的工作结果，应该是得力中层管理者的基本业务素质。

3. 承认结果的缺憾，为今后工作提供帮助

如果结果已经到了提交的时刻，而明显存在缺憾，你将如何向老板描述工作的结果呢？在这个问题的回答上，中层管理者的水平暴露无遗。

喜欢文过饰非的中层干部，常常会先吹嘘一通结果中的闪光点，然后对缺憾三言两语交代完毕，语言含混不清，总是想着用"差不多""大概""基本"之类的词语将老板糊弄过去。而真正负责工作，认真履行职权的中层干部，并不会回避问题所在，更不会玩弄语言文字游戏和概念来掩盖自己的不足，他会精确地承认结果中的不足，然后表示今后改正的决心。

如果你是老板，会重用哪一种中层干部呢？

 修炼要点

（1）超额努力，就是不要只用想象中的工作标准来应对实际的工作任务。如果不能全力发挥，只用"正常"的工作能力和节奏来面对任务，就算能完成上级要求，也不可能充分显示出你的能力，更不可能体现你的潜力。那样，你同大部分中层干部又有何差别，到什么时候才能成为老板眼中的中流砥柱呢？

（2）汇报工作的语言要讲究技巧，少说那些听起来就像推脱责任的词语，多说精确、有力、指向性明确的话语。比如，"这个问题我没有处理好，是我的责任"或者"这件项目我们没有经验，没做到位，今后会利用这次经验做得更好"，等等，能让老板更清楚地看见你的工作态度和想法。

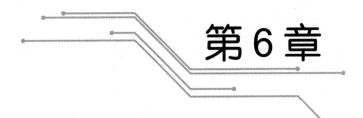

第 6 章

修炼 3 · 管理力：
5% 在责任，95% 在管理

中层管理者发挥的岗位职责主要是管理，

管理的责任，是你整个业绩中最大的一部分，决定了业绩的高低、

相比较可以分担给下属的责任，管理责任必须得到与众不同的重视。

通过本章的学习，相信你能明白管理和授权的联系与不同。

6.1 管理为主，细化责任

统一管理，分担责任

- 中层管理者不应该承担所有责任

- 统一管理，是中层管理者必须的权力

- 细化责任，才能便于管理

中层管理者所处的工作位置特殊，环境多变，所担负的责任自然也复杂多样：既有完成不同的具体任务的责任，又有管理好动态的员工队伍、始终发挥合力的责任。

为了成为优秀的中层管理者，你最应该重视的责任是什么呢？

事实告诉我们，仅仅擅长前线作战的，只能永远是优秀的士兵，而善于带领团队工作的，才称得上成熟的指挥官。因此，一名中层管理者如果只会解决技术性问题，或者提供工作方案、设计工作过程，还远远不能称为企业的中流砥柱、老板的得力中层。只有在此基础上，进一步学会肩负管理这一重大职责。通过管理"人"来做好"事"，通过行使管理手段，传播自己的工作理念，才能保证你在老板眼中的表现越来越优异和突出。

中层的责任在于管理

周一，技术组负责人杜浩还没有提交手上的任务，又接到上级临时安排的新工作，要求他的团队在新的一周内完成最新项目的设计报告。杜浩自己是搞技术出身，对于新项目总是有着强烈的新鲜感和完成冲动。加上知道这是临时任务，时间紧迫，因此，一拿到任务，他就精神饱满地开始工作。

连续工作一天，杜浩才想起来，上周的任务，自己手下的几名员工应该完成得差不多了。他找来下属小张问："上周的工作，你们做完了嘛，怎么还没提交呢？"

小张是公司著名的"滑头"，他早就听说有新的工作布置下来了，转转眼珠，说："领导，我们正在加紧做，不过这个工作要求比较高，我们也只能细致点啊。"

杜浩耸耸肩，心想催也没用，只好说："那好吧，你们加紧做。"

小张心里暗自高兴地走了，杜浩自己卖力地加起班来。直到周四，杜浩的报告快要完成了，小张才带着其他员工，提交了手头拖拉的事情。

杜浩想，怎么我感觉这个技术组就我一个人在忙呢？难道我又是领导又是员工？不过碍于面子，他并不好直接表达。结果，员工的"滑头"表现继续着，而杜浩仍旧很忙很忙……

杜浩的苦恼来自他无法对下属进行有效的管理，更不用说加强员工工作的效率，最终形成的结果是，杜浩自己工作热情高涨，肩负的责任重大，而员工们则"忙里偷闲"，坐看领导的忙碌。长期这样的工作状态，势必造成工作节奏平衡的破坏，让中层管理者无所适从。

修炼项目

1. 不要承担所有的责任

某些中层管理者一旦感觉到自身处于团队的核心，往往会面对内心较大的压力，并因此对工作中任何的责任都过分看重，凡事都要自己亲自过问清楚，看清步骤，得到结果，才能够放心。

但是，这样的状态不仅无法提高工作效率，获取工作效果，反而会导致所有责任都背负在中层管理者身上，从内心压力转变为工作压力。疲于奔命的中层管理者，实际上就成为了老板心中最失败的员工。

2. 管理好员工，是中层管理者最大的责任

中层管理者的管理工作，既是为员工服务，又是对老板负责。

中层管理者通过制定工作目标、监督工作过程、引导工作情绪来管理下属，同时也为他们提供工作的集体和平台。在中层管理者采取这些方法，为员工的工作做好充足准备的同时，他也通过制定工作规则，规范员工行为来监管他们的工作，发挥团队能力，获得更多的利润，为老板的利益服务。

因此，管理工作无论对上对下都是相当重要的责任，中层管理者没有借口不做好这项工作。

3. 具体事务的责任细化给每位下属

员工本来只是单独的个体，当他们进入企业以后，必须要有强大的向心力成为一个完整的集体。向心力最大的来源，自然应该由中层管理者来提供。

把具体事务的责任细化，逐一分配给下属，是发挥向心力作用的重要渠道。在分配责任的同时，你能够充分地了解下属，管理下属。通过监管责任的过程，你同时能够控制到下属的行为和心态，保证对团队的控制力，保证对目标始终不懈地追逐。

修炼要点

（1）分配责任，是中层管理者必须履行的义务，因此，中层干部不能仅仅明确自身的工作责任，更需要通过不同的手段来保证员工明确自己的责任。只有当每件工作分配到了集体每个人的头上，各自承担好应该肩负的责任，中层管理者才谈得上尽职尽责地履行了工作义务。

（2）管理不能盲目进行，在管理中分配工作责任，本身需要你对员工心态的充分理解，对员工工作能力的全面认识。中层管理者必须先学会观察员工，划分责任，其后才谈得上进行有效的管理。

6.2 给管理打好提前量

管理工作如何打好提前量

• 及时安排下属在工作中的角色

• 总结工作，形成类型化方案

• 提前挑选和培养备用人选

对团队进行有效管理是一个长期发展的过程，团队的集体工作表现，不可能一朝一夕就能通过管理方法有所变化。因此，中层管理者应该在意识到管理作用之际，在期待管理发生作用之前，就做好充分的准备，打好提前量，安排好足够的管理手段。

打好管理的提前量，首先应该能够做到尽快地熟悉团队成员，根据他们各自的特点，安排他们在工作中担任的角色。同时，你还应该经常反思，根据任务的类型不同，形成总结性的方案模板，以备今后使用。此外，你还应该对于出现的各种意外情况加以防范，安排足够人员作为备用，从而保证一旦出现问题工作能够延续。

提前量很重要——准备充分才能万无一失

按照工作计划，周一，人事部要去机场接外地来的大客户代表团。主管方晓安排了助手小蔡早点带公司的商务车去机场迎接，小蔡连连点头，说自己一定会做好迎接工作，保证让大客户满意。看着小蔡的积极承诺，方晓主管感到满意和放心。他想，只不过是一次迎接，应该不会出什么纰漏。他又打了个电话给公司小车班，让负责商务车的陈师傅早点跟小蔡会合。

周一上午，事情繁忙，方晓就没顾上跟小蔡联系。九点半，大客户的电话打到了方晓桌上。一拿电话，方晓就听到了客户的抱怨，"你们怎么搞的啊？让我们在机场呆半个小时了！"方主管一下懵了，说："不会吧，我早就安排人去接了。""那怎么还没人呢？你们公司就这个办事效率啊！"客户不高兴地挂上了电话。

方晓连忙打电话给小蔡，原来，商务车在半路上出了问题，走不了了。小蔡打电话给小车班，没想到其他的车都出去跑业务了，正是无计可施。方晓一下子傻了，这该怎么办呢？

方晓自以为把工作安排得很好，其实，他仅仅是落实了工作步骤的问题，安排了相关的人员，没有预测将会出现的可能，最终导致了大客户的翻脸。

对于管理，方晓并没有留出充分的提前量。比如，万一遇到车辆故障应该怎么办，路上出现堵车应该怎么办，小蔡生病不能去又该怎么办，等等，这些问题他根本就没有考虑过，一旦出现临时状况，只能接受失败结果。除了要制定多个方案，还有分配到适合的员工头上也是很关键的，如果小蔡的应激性比较强，租车或者打车去接客户，也是可以避免这点的。要多手准备、合理运用人才，才能应对所有状况。

 修炼项目

1. 按照个人特点，尽早提供不同的锻炼平台

虽然可能你的团队看起来不大，但实际上，却存在着各种各样不同类型的员工。比如，有的员工性格外向开朗，有的员工性格内向谨慎，有的员工工作速度快但往往质量不能完全保证，而有的员工则工作精细而效率不高。

如果只能看见员工身上存在的缺点，那么，你无论遇到什么样的员工，最后都难以满意。这是因为从片面的角度看来，他们的缺点总是会影响到工作进程。其实，反过来看，每个人身上的缺点和优点共存，既然缺点会破坏工作，那么，有效地提前影响员工，发挥其优点，也会更有利于工作。

2. 及时总结不同类型的工作方案

任何工作都不能没有充分的方案。缺少有效方案的工作过程，会变得失去控制，最终难以达到需要的效果。

想要让工作能力有效发挥，临时准备、仓促应对的方案必然不能起到应有的作用。所以，中层管理者应该通过及时划分类型、总结经验，按照不同任务的背景和目标，储备出基本的工作方案。随着方案模板数量的扩大，中层管理者的工作经验也势必会越来越丰富和成熟。

3. 为不同的岗位安排各自的"替补"

工作进程中，每一个不同的岗位势必都有着各自独立的作用，工作流程的环环相扣，决定了岗位之间紧密地联系，其中任何一个岗位出现问题，都一定会影响到其他岗位的有效工作，并对整体结果产生不利影响。

因此，中层管理者应该充分意识到每个岗位的重要性，为不同的岗位做好充分的"替补"安排，一旦岗位出现问题，能够立即启动预备方案，顺利衔接，保证工作任务的成功。

 修炼要点

（1）工作方案不仅要有类型化的储备，还应该有不同突发情况的应急方案。具有充分经验的中层管理者，常常在制定工作方案时就能想到实施工作可能碰见的不利情况，并通过应急方案的拟订，对这些负面因素予以规避。即使出现，也可以从容应对，不至于自乱阵脚。

（2）员工是你手上的人力资源，对于这些宝贵的财富，平时不磨炼，临时指望他们发挥作用，往往都没有什么收获。不妨尽早地熟悉每个员工的个性特点和能力结构，让他们在各自的岗位上提前进入角色，尽快按照你工作规划的需要，发挥各自的长处，形成团队成员各有所长的局面。

6.3 检查必须出结果

看重检查，才能做好管理

- 紧盯目标去检查工作过程
- 检查必须全面细致，对结果负责
- 检查必须及时反馈给员工

管理员工需要具体的手段和方法，其中，对员工工作的例行检查是最基本的内容。

通过工作检查，中层干部可以结合对目标的追求，考核员工的工作过程是否发生偏差，同时，工作检查还能够提醒员工重视自身岗位的工作，提高他们的工作积极性。

不仅如此，工作检查及其以后的反馈，更是中层管理者和员工最好的交流和沟通机会，通过共同探讨检查中发现的问题，商量解决办法，能够让中层管理者和基层员工围绕工作目标坦诚相待，互相表达意见，最终获得共同的认识，采取一致的步调开展工作。

管理的重要手段——认真执行每次检查

夏华是某企业的质检部主管。上任之初，夏华的岗位意识很强，经常在夜班时间起床去临时检查车间流水线上质检员的工作情况。结果，质检员们纷纷重视起工作制度，工作的风气也为之大大改变。夏华心想，看来这帮下属还是在我的管理下走上了正轨啊，终于能够放心了。

从此以后，夏华自己也不太坚持例行检查了，即使检查也只是走马观花地看一看。

好景不长，一次，公司领导来到生产的第一线考察，结果发现质检员小东根本不在岗。看着领导阴沉的脸色，夏华尴尬而吃惊地说："不会吧，小东一直很负责的，以前检查我从来没发现他有任何的纰漏啊。"

事后才知道，小东上次检查出了报废产品，好几个操作工因此被扣了奖金，扬言要找他报复。小东觉得，多一事不如少一事，干脆睁一只眼闭一只眼，反正主管也不怎么下来检查了。

夏华恍然大悟，哎，还真是一点也不能忽视检查的环节啊！

检查应该是管理最常用的手段，而不是树立权威的一种权宜之计。即使看起来检查收到了效果，培养了员工良好的工作习惯，也依然不能放松。检查的意义在于，无论是不是"响鼓"，都始终要用"重锤"去敲击，才能爆发出工作中的最强音，防止问题的产生。

 修炼项目

1. 检查的意义体现在结果

中层干部对于工作的管理，需要注重任何一次检查，这是因为检查结果不论如何，都对工作过程具有独特的促进作用。

中层干部通过分析检查的结果，能够发现工作方法中的得失，找到下属身上的缺点。同时，结果的评价，能够影响到员工的绩效考核，让各自工作的结果，关系到他们的自身利益和绩效，从而有效刺激他们的工作热情，增强他们的工作积极性。

2. 全面而细致的检查才能出结果

检查要想出结果，必须做得全面而细致。如果检查只落在表面层次，就只能得到肤浅的所谓结果，掩盖团队工作深层次上存在的细节问题。

因此，检查的步骤必须经过事先严格的安排，带有强烈的指向性，落到实处，及时影响员工的具体工作。随随便便的检查，除了应付老板，走走工作程序之外，起不到任何实际的作用。

3. 没有反馈的检查等于不检查

检查能起作用，最关键的步骤在于反馈的过程。反馈迅速而有效，才能及时地影响到下属的心态，引发他们对于具体工作步骤的反思。

如果反馈不得当，让员工感到检查只是一种过场，或者只是中层管理者的例行公事，甚至认为检查缺乏公平公正性，只是针对某一个人。那么，检查就丧失了其真正的作用，即使中层管理者的确通过检查发现问题，也不能保证员工会理解正确的方法，做出相应积极的改变。

 修炼要点

（1）检查工作的过程应该有一定的计划安排——常规性的检查应该以统一格式的表格予以记录，突击性的检查则要保证能让中层管理者看到最真实的情况。同时，检查的频率和内容，也应该形成制度，保证其内在规律性。心血来潮、突如其来的检查，或者范围忽大忽小、程度忽浅忽深的检查，只会让员工感到越来越没有重视其过程的必要。

（2）检查的反馈可以形成机制。比如，在工作例会上进行定期的反馈，能够让员工不断地重视检查；按照每个人的工作结果进行针对性的单独反馈，既能够让员工感到受领导的关注，又能够保留反馈的斡旋空间。总之，只有机制管理下的检查，才能有其发挥影响的可能。

6.4 消除影响管理的负面情绪

消除负面情绪，保证顺利管理

- 采取积极暗示，防止不良情绪滋生
- 及时采取行动，杜绝负面情绪不断累积
- 用正面情绪取代负面情绪

员工并不是机器，不可能没有自身的情绪。虽然情绪属于个人的内心空间，是一种私人化的表达方式，但是，不良的情绪如果流露过多，一定会打破本来平衡的职场气氛，带来不必要的问题。

中层管理者着眼的不仅仅是工作节奏、工作内容，还应该注意员工情绪。平时的沟通中，应该从关心员工利益出发，形成自身对员工的影响力。实际工作过程中，随时留意员工情绪对结果的影响，通过小处的发现来寻找问题。

另外，正因为情绪来自私人内心感觉的表达，因此，改变员工情绪不可能靠命令或者谈话，而是来自中层管理者进行的积极暗示。中层管理者应该多学习一点心理学知识，了解如何通过有效手段，积极改变员工的情绪。

管理员工的情绪——有士气才能走向胜利

兴乐集团是一家总资产 15 亿元的现代化大型企业集团。其综合实力进入中国制造企业 500 强、中国民营企业 500 强、中国机械 500 强、中国电线电缆 20 强、浙江省百强企业、浙江省纳税百强。这个集团的董事长虞文品是一个优秀的管理者。

2009 年 2 月的一天晚上，虞文品来到了公司总部新竣工的员工大楼，去员工家里"做客"。他刚来就说，"这幢员工楼本来年前就该竣工的，但是因为一些原因，导致现在四楼到七楼还在装修，对给你们带来的不便表示深深的歉意。"话音刚落，所有人的心情就不一样了，感觉到一股暖意流入心房，本来还颇有抱怨的住在装修楼层的员工也放平了心态，接受了自己住的房子还在装修的事情。

虞文品还考虑到，当初的员工宿舍没有休息间，因为宿舍两边已经安排了洗漱间、卫生间和洗澡间。但是有些员工可能带朋友来"家"里做客，所以特意打通了两间房子，放上饮水机、电视机和椅子等设施，让大家可以更方便，可以有个舒适的生活环境。

员工的脸上都扬起了笑容，觉得公司这样的安排很体贴员工，心中的暖流在流动，还有一个声音徘徊在耳边，说一定要努力为公司效力……

虞文品之所以能有这么大的成就，和他关心员工、积极和员工沟通、及时发现员工的问题并帮助解决是密不可分的。只有这样的领导，才可以让自己的员工衷心为自己效力，在一个平和又稳定的环境下创立更辉煌的业绩。

 修炼项目

1. 注意平时沟通，形成对员工的影响力

想要具备对员工的影响力，就应该同员工形成无阻碍的沟通和交流

关系。

试想，一个同员工连工作内容都难以聊上几句领导，又怎么能读懂员工的情绪、分析他们的想法？一个成天沉默不语，不主动表达自己想法和探询员工想法的中层，又怎样能够有效改变员工对于工作的态度和观点？

因此，中层干部必须加强同员工的主动交流，在交流中发现问题，在谈话中寻找机会，树立自我的形象，加强对员工的影响。

2．留意员工情绪，从小处发现问题

"事在人为"，工作既然需要人来做，那么，参与工作者的情绪，一定会影响到工作结果。

如果中层想要有效观察到员工的情绪，就应该杜绝只能看得到工作结果，而无法观察员工情绪细节的毛病。粗枝大叶并不可取，中层管理者既要能够将目光集中在工作目标上，也应该学会观察员工的表现和变化。

比如，中层干部可以通过对员工语言语气的观察，对员工表情行为的分析，体会到员工对于工作态度的变化，及时找到影响管理的负面情绪，并着手加以解决。倘若你只能看到事务性的工作，而看不到隐藏在其背后主导员工行为的情绪，那么你的工作就只能停留于表面，而无法解决内在的动力和目标问题。

3．积极暗示，正面引导取代负面情绪

对于负面情绪，中层管理者不能表现得过于急躁和不安。否则，等于受到负面情绪的干扰，自身也"传染"上了负面情绪，不仅于事无补，反而把管理过程变得越来越麻烦。

因此，采用积极的自我暗示，是驱赶负面情绪的第一步。其次，用

对员工心态的正面引导取代员工的负面情绪，帮助他们端正工作态度，提高工作动力，增强内部的凝聚力和合作感。

 修炼要点

（1）不要让办公室存在任何你的交际"死角"——对于同自己交流不够的员工，不应该采取相同的态度来对待他。越是难以沟通的下属，越是应当尽量多地同他相处和交流。比如，沉默寡言的下属，应该多找机会同他交流谈话，从而树立对他的影响力，获取他的信任和支持。

（2）暗示需要多种层面的方法——自我暗示可以采取记工作笔记、内心对话等方式，比如，经常告诉自己"你会成功管理""你是最棒的""你善于观察员工情绪，"等等。另外，给员工的暗示可以采取旁敲侧击、物质奖励、情绪感染等方法，比如，总是用微笑面对员工的中层管理者，用兴奋面对任务的中层管理者，一定能够用自身情绪感染到身边的员工，从而获取他们的正面情绪。

6.5 适当运用集体决策

集体决策帮助管理

- 打造归属感，便于管理
- 集体讨论，营造公平气氛
- 全员参与，形成共同契约

团队工作离不开决策指导，决策可以确定工作的阶段性目标，可以规划工作的过程。同时，科学严谨的决策，还能够一定程度上合理照顾到每个员工自身的工作习惯和特点，发挥出不同岗位上不同人选的综合能力，并形成强大的集体工作步调。

但是，仅仅凭借中层管理者一己之力，即使制定出完善的决策，也并不一定能够被所有的下属接受。如果不明不白地去工作，员工们反而会感觉不知所措。

因此，你应该适当地采用集体决策的方法，通过集思广益的讨论，保证决策能够指导工作顺利进行。其实，决策制定的过程，就是对于工作结果的再强调、再挖掘。在集体决策之前，员工们可能对于工作目标只有大概的印象，而通过集体决策的讨论，大家能够进一步明确工作的方向性。更不用说集体决策中的公平和谐的气氛，能够吸引所有员工完全投身于工作之中，保证发挥出百分百的态度和实力。

决策不仅仅是你的事

公司决定给每个部门更换办公设备，让各部门主管在预算的条件下，上报所需的品牌和规格。

部门主管甘平发现员工对这件事情很感兴趣。他想，既然办公设备是为了员工服务，为了工作服务，不如干脆让大家讨论，拿出共同的结果。

甘平把决定告诉大家，办公室内顿时爆发出一阵欢呼。员工们纷纷上网，寻找自己认为合适的电脑、复印机、传真、扫描仪，每个人脸上都挂着兴奋和笑容。不少员工说，"难得作一回主，可得好好把握这个权力。"

不久之后，员工们按照小组提交出了报告。根据这些报告，甘平和几位助手协调讨论，拿出了采购方案，并且通过内部邮件通知了部门每位员工，请大家发表建议。看到自己选择的产品进入了采购方案，员工们不仅感到新鲜，还体验到自身地位的提高。

采购报告如期交给了财务部，并且及时拿到了新的办公用品。看着员工们围着新的设备议论纷纷，甘平满意地想，虽然自己忙了一点，不过，集体决策带来的收益是更大的。

甘平并没有独断专行地决定办公用品的采购方案，而是把权力交到了下属手上。虽然这并不算什么大事，但是，通过这样的形式，让员工自身发挥了思考的价值，参与进了工作决策，从而在这样的过程中形成了集体凝聚力和吸引力。

 修炼项目

1. 让员工有参与感，形成集体吸引力

集体决策是一种手段，尤其当你感到集体缺乏凝聚力和吸引力的时候，不妨有意识地抬高员工的地位，增强他们的信心，暗示他们团队的决策也需要他们的参与，更离不开他们的智慧和能力。

允许员工适当加入决策过程的集体能够带给员工更多的尊重感，让他们体验到在其他工作场合无法体验的"主人"感觉，他们会自发地认为，集体给予了我表达的机会，那么，当集体需要我行动的时候，我更应该用积极的行动来保障我今后继续表达的权力。

2. 在平等讨论中获得的决策，更利于执行

当最终形成的决策包含了员工个人的观点和态度时，他们自然而然会为这项决策付出努力。与之相反，灌输性的、强迫执行的决策，即使员工内心再想重视，也难以获得"我要做"的心态，而仅仅是为了谋生

而不得不进行的"要我做"。

因此，不妨让决策从你自我的感情色彩偏重的思维方式中脱离出来。作为团队领导，你当然可以将自己的工作思路和方法有意识地渗透进决策，并施加影响，但在决策确定之前，讨论过程的平等，绝对是打造强力团队必不可少的基本程序，是上下属亲密无间合作的重要条件。

3. 集体讨论的工作制度，能发挥更大作用

不仅仅在工作决策上，集体参与会产生有利的结果，对于日常工作规章制度的制定，群策群力，自发管理和监督，也能有着同样有益的效果。

经过员工集体讨论而得到的工作制度，由于其制定过程有着每个员工的参与，因此，在日常工作过程中，制度将会得到更大程度的理解和尊重，充分发挥其监督和提醒的作用。

经过集体讨论的规则，实际上等于中层管理者同员工签署了一份契约。一旦违反契约，势必受到惩罚。比起中层管理者单方面直接宣布工作制度来，这样的管理模式势必更加人性化，也能够更加有效地影响下属的工作。

 修炼要点

（1）不要担心集体决策会影响你的领导核心地位。其实，员工作为团队的成员，本身就应该具有发言权和参与权。如果你人为地堵住他们的表达渠道，对他们的不同言论，不是表现出反感，就是打压和蔑视，那么，员工参与工作的积极性势必会有所消减，并最终影响工作效率。

（2）集体讨论和决策，可以用多种形式。比如，分小组讨论，提交意见，或者采取书面汇报，总结安排，等等。采取这些不同的形式，能够充分调动员工积极性，从不同渠道不同侧面积极思考，发挥影响，提交出自己对于决策的看法和设计。

第7章

修炼4·解决力：
做解决上下属问题的专家

中层管理者的工作经验成熟可靠，

同时，由于同时面对上下属，因此，关心的事项注定更加繁多，

通过有效解决不同性质不同层次的问题，

中层管理者将变得越来越重要，成为企业依赖的"救火"专家。

·7.1 要创造效益，必须解决问题

解决问题的意义何在

- 发现效益来源，必须克服困难

- 提高效益的条件，从解决麻烦中诞生

- 获得上下属的好评，来自工作问题的解决

效益如何，始终是老板考核中层管理者的重要指标。身为老板，他没有太多的时间关注你花了多少力气在团队管理上，也没有多少精力来指导你如何提高工作效率。他需要的是你通过不同的合理手段，为企业创造出效益。因此，为了做到创造更多的效益，中层管理者必须学会准确、及时地应对各种不同的问题。

解决问题必须要对困难有着清醒的认识，没有困难存在，中层管理者也就不可能立足于企业。这样看来，困难必然和工作、和中层管理者的岗位紧密相连，不可分割。你所需要做的不是抱怨和烦恼，而是遵循规律来解决问题，克服困难，从而提高部门的效益，收获来自上下属共同的赞誉和好评。

减少问题就是在增加效益

某电脑店的店长周宇毕业于工商管理专业，几经磨炼，他终于成为企业的中层管理者。然而，他深知这个岗位的责任重大，对于自己

有着更高的要求和考验。

　　考虑到自己的专业背景并不是电脑技术出身，周宇白天忙着店内的工作，晚上自己购买了专业书籍在家自学，好在信息社会，年轻人多少都有电脑的基础，不久，周宇就掌握了相当程度的电脑维修技术。

　　某天下午，店内的技术员到客户单位去了，恰逢此时，一位客户带着笔记本电脑出现在店堂，他口口声声说要退货，因为笔记本电脑的屏幕不亮了，无论怎么处理也毫无反应。销售员们并不大了解硬件知识，更谈不上维修，只能安慰客户说技术人员很快回来会帮助他看看问题究竟出在哪里。

　　面对不耐烦的客户，周宇挽起袖子，拿起螺丝刀拆开了电脑，在下属惊讶的眼神中，他熟练地更换了笔记本电脑的显卡，然后按下了电源键。屏幕重新恢复了工作，客户的脸上也出现了笑容。

　　周宇用自己的技能解决了眼前的问题，为自己的工作节约了时间，减少了麻烦。可见，中层管理者在管理之外，如果具备解决实际问题的能力，将更有利于团队的进步和发展，取得越来越多的绩效，获得越来越多的好评。

 修炼项目

1. 减少自身和团队的缺点，培养效益的产生

　　问题并非仅仅来自外部，只要有团队存在，就一定会有问题存在。

　　即使是再优秀的团队内部，也不可能没有任何的缺点和遗憾。即使再出色的中层管理者，也一定会随着自身的成熟和发展，暴露并发现自己不同方面的不足。

　　优秀与否，出色程度的决定性因素，在于能否有效减少自身和团队

缺点，提高工作的积极性、速度和质量。越是成熟的员工，越能够正视不足，越能够高效率地解决不足，弥补遗憾。

2. 解决工作中的具体问题，顺利获取成绩

市场环境的竞争、工作流程的衔接、同企业外部的交流、同企业内部的协调，这些环节中无一处不暗藏着各种具体问题。向上攀登的路，注定充满艰难险阻，只有拥有解决问题手腕的中层管理者，才能顺利跨越这些阻碍，最终获取想要的成绩。

中层管理者应该通过一次次解决具体问题，来逐渐积累自己的工作经验，培养更加强大的工作信心。如果眼高手低，只想做大事，不想解决小问题，或者夸夸其谈却缺乏实际经验，一定会难以适应岗位需要，在竞争中败下阵来。

3. 成为专家型的领导，为下属做出榜样

专家型的领导，比起单纯行政的领导角色，更容易受到下属的尊重和喜爱。

由于基层员工接触的实际工作较多，他们眼中往往认为"管理"并不是一件什么复杂的事情，只有做好"业务"才是最重要的技能。虽然这种观点有失偏颇，但是，如果一名中层在做好管理的基础上，解决实际问题的能力也同样出色，堪称内行和专家，就一定会让下属"不服也不行"，从此坐稳整个团队的领袖地位。

 修炼要点

（1）想要做好更多工作，不可能由自身存在太多问题的核心来领导。同时，对于中层管理者来说，解决好自身的问题，也就等于某种程度上

解决了团队中存在的问题，因此，更需要对自己深刻地剖析和反省。中层管理者应该及时地反思自己在每一件事情上表现的态度和习惯，防止自己犯了错还不知道。

（2）能否成为专家型的领导，往往更多地取决于你是否愿意牺牲部分休息时间，在研究管理之道的同时，不荒废自己原有的业务，并能利用身为团队核心的优势加以充分锻炼和提高。管理任务固然是很辛苦的，但是，如果你能拥有一手解决问题的"绝活"，一定会为你吸引到更多下属的敬佩和服从，从另一个层面化解管理的压力。

7.2　共赢，解决问题之道

学会共赢，问题轻松化解

- 共赢意味着关心更多人利益
- 分享成果，让下属真心服从你的管理
- 适当保持中庸之道，平衡内外关系

企业外部的市场、企业内部的工作，无不存在着激烈的竞争，但这种竞争并不等同于完全的弱肉强食、优胜劣汰。所以，在各自承认对方利益的前提下，中层管理者完全可以把对员工的管理、对任务的解决变成一种共赢。

通过积极树立共赢意识，培养合作伙伴，中层管理者可以采取交流、沟通、寻找共同点和展开多层次合作等手段，与更多的群体形成逐步扩大的利益共同圈。通过这个共同圈的帮助，你可以实现在短时期内提升业绩的目标，从而离个人的理想更近一步。

想要实现共赢，更重要的一点在于某些时刻能够舍弃部分看起来属于自我的利益，同时提供给他人足够的资源作为获取共赢的条件。不懂得分享的人，没有办法促进共赢局面的形成，他永远希望凭借自己的实力击败一个又一个对手，而不会将原本的对手变为朋友。

分享形成共赢——化敌为友的招数

黄德担任某服装生产企业的市场部主管，某次，长期合作的重要客户H突然打来电话。

"你好，黄主管吗？是这样的，下个月开始我们就不进你的货了。" H直截了当地说道。

黄德吃了一惊，问道："怎么回事？有什么原因吗？"

"啊，真不好意思，其实我们也是不得已。最近，门店效益不是太好，决定削减经营成本。你们的货虽然质量不错，不过，并不占我们经营范围太大的比例。因此，我们只能忍痛割爱了啊。"H解释道。

黄德想，如果如此重要的客户就此停止进货，恐怕对大家都没有好处，于是他当机立断，说道："原来是这样啊，一切好说。我们的产品价格并不是不能商量。再说，如果提高我们这样高档的产品在你们经营范围中的比例，说不定反而能提高你们的效益，这一点，不知道你想过没有？"

电话那边沉默了一会儿，说："嗯，说真的，我们也不想断掉合作的可能。这样吧，您安排一位销售代表过来，我们交流一下。"

最终，黄德在自己的权力范围内给客户提供了最优惠的进价，他知道这家客户在当地的品牌形象很好，一定会渡过目前的难关。果然，不久之后，市场情况发生改变，客户的生意越来越好，进货数量也越来越多。一个季度算下来，虽然价格比以前降低了，公司在这家客户身上获得的利润反而增加了不少。

黄德并没有因为自身眼前的利益受损而拒绝客户的要求，而是权衡利弊，提出折中的方案，给对方一定的实际利益。通过设计出共赢的方案，黄德最终不仅保住了客户，还进一步取得了业绩提升的效果，从共赢中获得了自身的更大好处。

 修炼项目

1. 利益圈越大，你的人脉越广

中层管理者的人脉范围，一定程度上影响着他的发展前途。能力强、业绩好的中层管理者，十有八九都是通过不断累积人脉，从而掌握能够帮助他提升工作成果的渠道和条件。

扩大自身的人脉范围，最有效的方法就是通过培养利益圈来做到。如果中层管理者能敏锐地看到不同对象所牵扯到的利益关系，并通过分配利益、提供机会来进入他人的关注范围，就能够在他人眼中扮演越来越重要的角色，最后形成彼此间的共同利益关系。

2. 分享成果，带来团队的人气

成果属于中层管理者管理下的团队，而不是仅仅属于中层管理者个人。虽然在理论上这是一个很明显的道理，但是，在实际工作中，并没有引起中层管理者的充分重视。

为了彰显自己的能力，表现自己个人的工作成果，不少中层管理者动辄就以最大的功臣自居，无论是在老板面前，还是在客户面前，他们常常宣传自己的个人价值对于成果的影响，而忽视了其他员工的付出。

其实，懂得分享成果，让包括下属和平级在内的更多同事从工作成绩中获得荣誉和利益，会帮助中层管理者增强团队的吸引力，提高团队的人气，吸引越来越多优秀的人才向往进入团队。

3. 平衡利弊，让越来越多的人喜欢你

共赢不仅仅是中层管理者个人处理利益的事情，实际上，团队内部、团队和其他团队、团队和客户也同样存在着是选择"独赢"还是"共赢"的问题。

选择"独赢"，往往会造成平衡被打破，一方利益获取过多，自然会引起其他群体的不满。而选择"共赢"则情况会大为不同，中层管理者不会因为利益划分偏颇而导致团队、企业、客户三者之间关系处理不当，影响他人的评价，带来工作的阻力。相反，保持一定的均衡，会让越来越多的人赞赏你的工作，承认你的能力和付出。

 修炼要点

（1）分享成果，需要在工作中适当借助下属或平级的能力，让他们在关键时刻发挥作用，从而为之后的总结评价过程埋下伏笔。如果凡是出彩的机会都留给自己，默默无闻幕后奉献的工作都交给下属，难免会形成"独赢"，从而违背共赢获取更大利益的工作思想。

（2）中层管理者应该懂得自身位置的独特性，不应该仅仅出于个人好恶或者感情色彩，偏重于让某一位下属或者某一位客户获得利益。这种不成熟的工作方式，往往会造成利益划分失去公认的平衡性，导致人际关系松散，出现不利于自己的因素。

7.3　稳健、迅速，皆可制胜

按问题选择解决方法

- 观察问题的背景，充分考虑特点
- 求稳或求快，可以综合使用
- 适应不同风格的工作要求

不同的中层管理者有各自不同的工作风格，有的人强调稳健求胜，有的人喜欢通过奇招巧招得到成果。

其实，解决问题的步骤，本身并没有什么固定的程序和标准，只要能符合具体的需要，取得必要的成果，都可以加以应用，作为实际解决问题的方法。

但是，对于方法，我们也需要重视效率。同样的一个问题，如果存在更省力的捷径，具备更方便有效的程序，中层管理者自然应该主动加以寻找，而不宜被自己固定的工作模式所局限。

在目标需要稳健方法的时候，你可以按部就班地解决问题，在需要出奇招迅速解决的时候，你同样应该采取果断而迅速的行动。必要的时候，两种方法可以综合运用，同时进行。具备这样全面而灵活的方法体系，可以确保你工作进程的顺利。

按需要出牌——立体方法解决问题

最近，由于生产原料的价格迅速波动，给客户的报价也往往几天变化一次，甚至一天之内都有变化。营销部唐主管桌上的电话不断地响起。

这次打来电话的是一家实力雄厚的客户，对方的采购员在电话里很不高兴地质问道："你们公司到底怎么了，为什么价格不断地变？"

唐主管知道，这家客户有很多选择的可能，如果处理不够稳妥，一定会导致他重新选择其他公司。于是他耐心地解释说："您应该也清楚的，我们这个行业对金属原料很依赖，最近受到天气的影响，原料报价变动大，我们也没办法啊。"稍微停顿了一下，他又补充说："是的，也许其他公司报价变动还没开始，这是因为他们卖得慢，还有库存，不用再过几天，他们也会开始这样变动的。"

一番耐心的解释消除了对方的疑虑。刚放下电话，邮件的提示音又从电脑中传来，唐主管一看，是另一家新成立的公司发来的。这家新公司对唐主管的货非常依赖，在邮件里，他们也问了同样的问题。

唐主管明白，这种情况下解释得太多反而对自己不利。于是，他简短有力地告诉客户，这只是正常的波动，希望对方能耐心等待市场的平稳。不久后，对方发来邮件表示接受。

唐主管的态度并不是"欺弱怕强"，而是针对同一个问题，采取不同的办法应对。对于重要的客户，回复当然要考虑得更周全更完备，以期获得更好的效果。而对于依赖性强的客户，迅速果断地给予答复，才能让对方明确没有其他的可能。这样，达到同样效果的基础上，也节约了自己的工作时间。

修炼项目

1. 观察问题背景，准备应对的策略

如果不能及时判断问题的背景，分析出其特点，中层管理者就无法准备出应对的策略。

对于工作中的实际困难，你应该充分考察其内在的结构，寻找解决的关键，分析出破解之道。

比如，需要沉稳、细致地寻求解决方法的问题，中层管理者应该能够静下心来，通过发掘和思考，探求其解决方法。通常，这种类型的问题看起来较为复杂，表面上无从下手，需要通过耐心工作，才能找到最重要的关键部分。而另一种情况下，看上去停滞不前、难以取得进展的问题，往往更适宜由中层管理者直接出面，大刀阔斧，迅速解决矛盾。

2. 学会综合不同风格的方法

更多情况下，解决问题的方法不可能只有一种。中层管理者最明智的态度，是能够学会将某一件工作划分成为不同的环节，采取对应的方法来完成。

不同风格的方法并不一定会发生冲突，只要处理得好，即使看上去截然相反的方法，依然能够和谐共存，在不同的环节中，发挥出各自的作用。

3. 具备更多解决问题的能力

中层管理者应该学会分析自己能力上的弱点，积极弥补性格上的缺陷，尽量形成综合而立体的工作手段体系。

只有通过对自身特点的整合，具备了充分的工作手段，中层管理者才能应对不同的工作问题。只有在需要不同风格的工作方法时，你都能运用相应的不同手段，从容应对别人难以解决的问题，才能跨越困难获取成功。

修炼要点

（1）观察背景的能力，来自对问题的总结和经验的积累。因此，你应该学会在处理好问题之后，还能够把工作结果归类，加强自身的学习过程，认识其中暴露出的不足，形成丰富的经验，从而得到更实际的成效。

（2）过分急躁或者过分谨慎的工作进程，都不是适当的工作态度。

在解决问题的过程中，应该努力防止发生工作方法走向极端的错误。一旦对工作风格的把握发生偏离，失去控制，很可能导致本应该稳健的工作方法变得小心翼翼、战战兢兢，而本应该迅速果断的行动失去了必要的思考，变成了漫无目的的博弈行为。

7.4 把问题的阻力化做工作的动力

没有阻力就没有动力

- 思想上充分认识
- 阻力说明缺陷，提示进步
- 针对阻力点做好准备工作

企业的生存和发展，总是伴随着一个问题之后的又一个问题，不解决问题，工作就无从顺利进行，不解决问题，企业就难以保证不断地成长。因此，中层管理者工作的意义，很大程度在于能够直面问题、化解问题。

问题的出现总是伴随着不同的阻力：有的阻力更多地来自内部能力的欠缺、合作体系的不畅，有的阻力则来自外部竞争的压力、交流的困难。

想要克服这些阻力，获得企业业绩的提升，中层管理者应该首先能从思想意识上重视阻力的存在，把每一个问题的解决过程都当成自己表现的机会、提高的课程，把每一种阻力看做工作的目标、奋进的动力。这样，阻力不再是令人生厌的麻烦和苦恼，反而成为不断催你前进的号角，让你持续稳定地进步。

正确处理阻力，才能解决问题

项目组长晋阳除了工作之外，大部分时间都用在学习上。今天他带着助手来到 G 公司，按照预定的计划，对方的费主管将同他们一起研究一个项目的进展情况。

然而，讨论地点改到了会议室。除了费主管的团队之外，还出现一位从来没见过的"神秘人物"。

具体讨论项目的时候，"神秘人物"开始发难，他频繁地针对项目的细节，向负责讲解的助手提出各种质疑。助手的额头上开始冒汗了。幸好，晋阳虽然对费主管有信心，但为了防止出现意外的阻力，自己在私下也做了很多工作。看到助手的困窘他连忙暗示停下让自己来说。

临时改换了讲解人，项目介绍的脉络立即清楚起来，晋阳娴熟的专业知识、自信态度，配上 PPT 的精湛展示，晋阳对于"神秘人物"的质疑一一作答。气氛渐渐地宽松起来。最终，费主管的脸上露出了笑容。

事后才知道，"神秘人物"原来是对方公司特意用私人关系请来的项目专家，专门负责考核这次的项目。好在晋阳准备充分，才克服了阻碍。

回到公司，晋阳同助手一起反思了这次问题所在。助手说："多亏您出手，才拿下这个项目。看来，还是我平常努力不够，没见过大场面。"晋阳拍拍他肩膀说："没事，继续努力，多了一次经验总是好的！"

意外出现的阻力，让项目的进度出现了起伏。好在晋阳平时的积累工作做得充分，同时具备自信的态度，才能保证项目的正常进行。可见，正确解决阻力，才是中层管理者解决问题的关键性步骤。

 修炼项目

1. 树立自信态度，不要只会想方设法绕过阻力

中层管理者应该相信自己。充分认识到老板把自己放在领导的位置并非偶然，而是看重自己的实力。同时，自己面对阻力的态度，也会深深影响到下属的工作态度，并带动整个团队。

不要因为一点问题的阻力就惊慌失措，或者烦躁不安。即使麻烦再大，你也要意识到，这些都是你工作的一部分，也是任何职场中人所面对的共同状态。遇到阻力，缺乏自信的态度会直接宣布你的失败，而只有坚信成功、敢于努力，才会让你成为最好的中层核心。

2．看清阻力的原因，重点发现自身不足

阻力的表现形式，要不表现在问题频发，失误不断，要不表现为工作难以推进，毫无起色。

其实，问题的阻力虽然有着种种不同的外在，但究其根源，不外乎内外两端。中层管理者在判断阻力来源的能力锻炼上，应该练就一双慧眼，充分挖掘背后真相，并结合自身的不足，不断弥补缺陷，趋向于更完美。

3．欲速则不达，做好准备才能破解问题

欲速则不达，迅速完成工作的想法是好的，然而，如果无视阻力的存在，试图每一次都能凭借"试一试""闯一闯"的做法去越过障碍，单纯凭借运气和机遇解决问题，那么，迟早会摔得头破血流。

正确的态度应该是平常就能积极锻炼和提升自己，在问题出现之时，根据阻力的不同类型，做好不同的准备。

准备越充分，越有针对性，问题解决起来才越轻松快捷，而准备越仓促，越缺乏目标，问题只会带来更多的问题，让你陷入难以摆脱的困境。

 修炼要点

（1）失败的员工逃避阻力，因为在他们看来阻力意味着工作压力的加大，工作时间的延长，更意味着思考程度的增加。而成功的员工喜爱阻力，因为只有克服了他人所不能克服的阻力，自己才能在老板眼中充分表现，脱颖而出。可见，对待阻力的态度，决定你今后发展的趋势，决定你未来职场路途的走向。

（2）克服阻力的过程注定需要付出很多。往往并不是一次两次的努力就能完成。想要具备充分的能力，就应该在阻力到来之前做好平常的自我学习和提升，一旦出现问题，就能够立即加以解决，而不至于手足无措，或者四处碰壁，胡乱尝试。

·7.5 删除、合并、替换，一个都不能少

问题太多，中层管理者怎样处理

- 划清范围，中层管理者也应该抓大放小
- 同类型的问题，予以合并
- 并非所有问题都能立刻解决

"问题太复杂，怎么办？""手上一大堆麻烦，怎么办？"

对于忙碌的中层管理者来说，经常会出现这样事情都赶到一起的情况。面对不断汇报的下属、连续施加压力的老板和喋喋不休的客户，相信你也能想象到中层管理者那种焦急和头疼的心情。然而，这种状况并非不能改变，当你开始明白如何整合自己手上问题的时候，胜利女神将会在职场的那一端对你露出微笑。

整合问题，最关键的步骤是看清问题，能够分清楚问题的轻重缓急、实际类型，能够看出问题的来龙去脉、具体责任。这样，问题再多，也不再是中层管理者个体的责任，而会分担给具体的员工。同时，相同问题的合并，能够减少你考虑的范围，突出工作的重点，更不用说通过暂缓和移交某些问题，一定程度上将减少你的压力，让你更有效地解决最急迫的事情。

理清脉络——整合团队所有问题

周一上午刚上班，公司办公室主任邓显就发现有一大堆事情等待着他：

业务员小柳要辞职，今天来办手续，同人事部吵了起来，跑到办公室嚷嚷要见老总。

人事部的员工跟着小柳过来，顺便递给邓显一份关于绩效考核的报告，说让他转交老总。邓显简单一看，发现报告做得混乱无比，原来是新人的"杰作"，也不知道是怎么通过检查的。

正在这时候，电话又响了，说是某个大客户决定提前来考察公司，让办公室跟老总及时汇报。再加上财政部的小魏在办公室门口出现，邓显才想起来今天约她来谈谈公司的年底报税情况。

事情全都赶到一块儿了，邓显感觉头脑开始发晕，看来办公室主任真不比当初做销售简单啊。邓显开始按照顺序一件件做起来，他跑前跑后，一个人处理着这些问题，完全没看到办公室里正在不急不忙打字的几位文员……

邓显碰到问题之后的态度不可谓不认真负责，然而，他的处理方法并不能称得上科学严谨，更没有通过对问题的整合来平息矛盾，形成正确的工作节奏。所以，中层管理者即使业务能力再强，也应当掌握删除、合并和替换问题的能力，从而在问题暴露的初期，就形成有利于问题解决的工作环境。

 修炼项目

1. 并非所有问题都需要你解决

无论问题多少，中层管理者始终应该明确，自己并不可能是承担解决所有问题的角色。实际上，团队的存在，也就是为了避免所有问题都由个体负责的情况出现。

中层管理者应该能够把不同的问题，交给不同的人去负责。这样既能够充分发挥每个人的实际能力，同时又能集中自己的精力，重点解决最需要重视的问题，从而凸显自己领导核心地位的同时，加强团队的工作效率。

2. 本质相同的问题，应该"化零为整"

不要被问题表面的复杂多端弄昏头脑，聪明的中层管理者应该学会"化零为整"，将类型相同的问题捏合到一起，成为一个大问题，以便于一次性解决。

比如，关于销售沟通的问题，表现形式可能多种多样，甚至会产生错觉，让中层管理者误认为是产品实质的问题。这就需要你具备睿智的分析能力，及时把所有沟通不畅产生的问题组织成更明显的问题，研究出系统化的解决方案。

3. 不能马上解决的问题，从日程表删除

并非所有的问题一出现就能够解决，任何出色的中层管理者也难以做到这一点。但是，出色的中层管理者一定能够弄清楚问题的轻重缓急。

通过及时地调整工作日程，把最重要最急迫的问题放在前面，而把有待条件成熟、或者目前无关大体的问题放到后面，这样，手头上的问题就得到了清理和删除。从而便于你把目前的所有力量集中在关键性问题上，不至于分散本来就可能捉襟见肘的人力。

 修炼要点

（1）大胆捏合问题是工作方法提升的关键一步。不少中层管理者难

以信任下属，更不敢将小问题整合成为大问题来交给下属，其实，只要充分考察了下属的能力，就应该尝试着让他"跳一跳"来完成工作任务。顺利解决整合以后的问题，不仅会提升下属的成就感，也同时为你的业绩减少环节中的麻烦，增添成果中的光彩。

（2）删除问题并不代表忽视问题，而只是暂时把问题延后，等待时机。更多情况下，最终问题的解决，需要有前置问题的妥善处理作为条件。因此，无视其前置条件而试图直接解决核心，是一种不切实际的妄想，难以形成经验和模式，也不利于工作的进行。

第8章

修炼5·抗压力：
走出职业倦怠期的浮躁阴霾

任何工作都会有瓶颈期，

摆正心态，积极行动，

管理员工和自我的工作压力，

调整好自己和团队的工作状态，走出职业倦怠期！

8.1 会管理员工，会分配压力

分配压力的意义和方法

- 压力分配合理，才能保证团队效率
- 不要让某个员工承担太多或太少
- 转换压力类型，带来新鲜感

中层管理者作为团队的核心，既要对整个集体完成的任务负责，同时，也应当关注任务带来的压力。集体面对的压力，势必要分解成不同的岗位压力，最终落实到不同的员工身上。妥善分配和管理这些具体压力，是中层管理者重要的工作义务和责任。

中层管理者应该学会关注每个岗位上不同的压力，不仅仅要求员工提交工作结果，还要关注他们在完成工作的过程中表现出来的压力程度，并以此作为压力再分配的依据。压力太多或太少的员工，往往在心态上会出现两种极端，从而破坏团队气氛、影响工作的效率。这种情况下，中层管理者就更有重新调整和分配压力的必要。

即使没有上述情况出现，适当地让员工轮流接受不同类型的工作任务，感受不同的压力类型，也会为他们的岗位工作带来新鲜感，防止因为长期不变的工作职责，产生职业的倦怠。

履行管理义务——帮助员工面对自身的压力

保险公司销售组长楚彪，对自己手下员工要求很高。他不仅经常注重发掘有才能的员工，对看起来有前途的手下更是竭力培养。

这半年来，楚彪发现本组的年轻人耿利是个做保险销售的好苗子。耿利勤学好问，做事往往冲在第一线，对成果有着与众不同的渴望。楚彪暗暗高兴，打算着力培养耿利。

从此以后，不管什么样的重要客户，楚彪都尽可能地安排耿利去接触，楚彪自己的活动比如会见客户、参加培训、汇报工作，等等，也尽量把耿利带着，有事没事的时候，楚彪就告诉耿利应该树立远大的目标，应该怎样工作，应该怎样取得业绩，等等。

耿利的确是个上进的员工，在楚彪的大力培养下，他的业绩逐步上升，很快成为了全组最优秀的员工。然而，楚彪没有想到的是，耿利考上了公务员，提出了辞职。

经过询问，耿利才说出了实情，原来，楚彪对他的关注和培养，虽然让他获得了很大收益，同时，也给他带来很大压力。公司内不少同事说他是幸运儿，凭借拍领导马屁得到了机会，同他疏远的同事越来越多，加上重要任务一个接着一个，自己始终是处在紧张的工作压力下，身心俱疲的感觉越发强烈，耿利觉得自己也许不适合从事保险销售这么大压力的行业。

看着耿利的背影，楚彪懊悔自己给他的压力太大了。

的确，耿利是一名有优秀成长可能、有充分培养空间的员工，然而，楚彪拔苗助长的压力分配方式，把太多的集体责任都放到了他一个人的肩上。结果导致其他员工的情绪波动，影响到了耿利个人的心态，最终被击垮而退出了团队。通过这个案例可见，分配压力在管理团队工作中占据何等的重要性。

修炼项目

1. 压力分配原则：公平带来效率

大多数情况下，压力的分配应当秉持公平的原则。只有保持大体的公平，团队内部的平衡才不会被打破，只有让每个员工感觉自身承担着不同的责任，才能让他们都重视自己的岗位，学会对团队负责。

压力的分配，无形中代表着员工在团队内的重要性。因此，公平地分配压力，不至于让任何员工感觉自己被团队所忽视，被领导所放弃，从而能积极履行本职工作的义务，承担岗位提出的要求。

2. 防止过于倚重某位员工

过于倚重某位员工，直接表现出对员工与众不同的关注，这种管理态度像一把双刃剑，虽然能够起到激励当事员工的作用，但是倘若处理得不好，也往往会刺激到其他员工，导致团队合作气氛被破坏。

一个成熟而合理的团队结构，应当是有着多个"支柱点"的平衡体系。现实中常见的那些靠"少数精英+一群庸才"的团队结构，其实并没有太长远的发展空间，最终会因为精英的离去而分崩离析。其背后的原因，正如同将所有的压力都放在几块砖头上的建筑物，一时的稳固难以掩盖背后的整体危机。

3. 巧妙转换压力类型，新工作有新鲜感

在分配压力的过程中，适当转换每个工作岗位上的压力类型，也是一种不错的选择。通过转换压力类型，能够让员工感受到不同工作类型的特点，获得更多宝贵的经验。同时，还能让员工感到人人平等的气氛，获得相同的工作经验和锻炼机会。

转换压力类型会不断地让员工感觉自己的工作有新鲜感，而不是日复一日的反复操作或者从来都不会改变的工作性质。当他们具备这样的感觉时，职业倦怠的心理阴影将会被驱除的一干二净，远离你的工作团队。

 修炼要点

（1）表现你对少数员工的重视，并不一定要靠加大他们身上的工作压力来实现。比如，让他分享荣誉、增加奖金等方法，也可以起到同样的作用。在重视少数员工的同时，你还应当想到团队内其他的员工，利用这些员工的表现来促进其他员工的发展和进步，而不是对他们听之任之，或者不予信赖。否则，这样过分明显的压力差距一定会导致凝聚力的失去、团队的松散。

（2）转化压力类型可以通过让员工承担不同的工作任务来做到。比如，对于擅长跑外勤、联系客户的下属，你可以适当地安排他做做报表、进行总结汇报，而对于长期做内勤、伏案工作的下属，让他们走出办公室同客户交流沟通，也是不错的培养方式。

8.2 体谅上级，体恤下属

理解你的同事，化解他们的压力

- 体谅上级，冷静面对他们的指责
- 体恤下属，关心他们的状态
- 与同事一起抗压，改变他们的工作心情

每个中层管理者都位于其特殊的工作位置上：上有领导，下有员工。上级和下属各自的工作压力，都可能影响到中层管理者的感受和心境，进而影响到他们工作的方式和习惯。从这个意义上来说，中层管理者不愧是企业的中流砥柱，是整个系统内的"承重墙"，在面对自身的压力同时，更要学会直面上下属的压力，做到体谅上级、体恤下属。

体谅上级，就要在上级因为工作压力带来情绪波动时，能够理性应对，冷静处理，不要因为个人感觉的一时波动，而处理不好同上级的沟通；体惜下属，就要多关心他们的工作状态，不要只看到工作结果，而忽视了下属的长远工作状态，"竭泽而渔"，最终导致失去宝贵的人力资源。

相信中层管理者通过学习和体验，一定能够妥善处理好自身的角色定位，在压力面前能和同事们共同面对，无间的理解，将带来长远的合作。

理解万岁——用沟通对抗压力的开始

人事部的办公室，员工们正在小声议论业务副总力主同重要客户解约的事情。卢主管刚要让大家停止传言，就听说老板让他交一份报告过去，于是他马上放下手头的工作，来到老板办公室。他敲了敲门，走了进去，看见老板正和副总谈话。

"你才来啊，像你这种忙人，也有时间来见我？"老板没好气地说着。

卢主管一愣，心想，不是五分钟前才接到通知过来的吗？再一看脸色同样不好的副总，他心里明白了八九分。他赔了个笑脸，说："老板，不好意思，我来晚了。"

"是啊，你是公司的能人，离了你，公司转不了。我看要是再这样下去，我的位置也快没有了哦。"

卢主管更能听出老板的指桑骂槐，他继续赔着笑脸递上了报告，然后转身离开，轻轻带上了办公室的门。

第二天，老板看到卢主管，老远就打起招呼。

"老卢，昨天吧，你知道的，不是冲你，不是冲你的啊。"老板的笑容分外热情。

"老板，我明白啊，我是您多少年的下属了，批评我是应该的。"卢主管爽朗的回答道，一点也看不见尴尬的神色。

卢主管遭到莫名其妙的批评，可以说是无妄之灾。但是，他通过经验的分析，立即判断出这是老板不好直接批评副总，而在压力的环境下因为特殊目的将情绪转而对他爆发。因此，本着体谅上级的原则，出于让工作做得更好的立场，卢主管承担了这种批评，并最终收获了老板的善意。可以想象的是，这种对上级的体谅，一定会为他在职场中加分不少。

 修炼项目

1. 上级也会出错，体谅意味着分担

上级虽然工作经验丰富，工作能力出色，但并不意味着他们没有情绪，不会出错。有时候，正因为上级肩负重大的战略决策者地位，面临着远远大于基层和中层管理者的压力，他们的心理状态才更加容易接近临界点，更加容易爆发出不适宜的情绪。

面对上级的不良情绪，只要无关重要原则问题，中层管理者就没有必要针锋相对，反唇相讥，这样的态度不仅于事无补，恐怕还会城门失火殃及池鱼，彻底颠覆中层管理者好不容易在上级心中建立起的正面

形象。

2. 下属工作不易，关心带来改变

基层员工虽然只是企业的操作者，但是，他们工作在底层，往往接触的都是琐碎繁杂的细节问题，处理的都是简单枯燥的工作流程，加上收入不高、生活压力较大，也往往更容易出现职业倦怠，表现为烦躁不安、犹豫不决、漫无目标，等等。

这时候，你作为基层员工的直接领导，首先要能体恤下属。即使是下属犯错，也不应该粗暴简单地一骂了事，而是应当站到对方的利益上去考虑、分析，并耐心帮助他们解决压力，管理好自己的情绪。当下属感受到你的关心后，相信他们的大多数人最终会改正自己的错误，回报你的信任。

3. 抵抗工作压力，你应当是催化剂

无论是对上级还是下属，你都应当是他们抵抗压力的催化剂。

实际上，上级是中层管理者的客户，而下属是中层管理者的资源。这两个方向无论哪一方面出现压力过大的问题，都会影响到中层管理者自身的工作表现和评价。因此，你应当敏感地关注到他们情绪的变化，分析他们面临的压力得失，正确参与引导和管理，运用正确的工作手段，发挥积极的个人影响力，协助他们渡过难关，抵抗压力。

 修炼要点

（1）体谅上级要注意分寸，不需要表现得像是你在包容上级，否则效果适得其反。正确的分寸应该是上级在压力下发泄情绪时，你能够顺着他的意思，表现出诚恳的自责，体现他的正确和权威。过一段时间以

后，等上司情绪稳定，不妨通过交流，暗示你当时并没有太大错误，让上司能感受到你的善意和配合。

（2）体恤下属并不意味着对下属的放任。如果下属在工作中出现了不应该发生的错误，那么本着负责的原则，你应该对他提出批评与改正的方法。

8.3 制定弹性工作目标很重要

弹性工作目标的重要性

- 工作目标太僵死，不利于调整分配
- 给员工的压力应该适当
- 有弹性，下属才有动力

明确工作目标是做好工作的前提。对于上级交办的工作任务，中层管理者通常肩负着将其拆分成为更细致的具体行动，并落实到不同岗位的责任。不仅如此，中层管理者还需要帮助下属及时明确自己所应该追求的短期目标，并通过对目标的考核，监督其积极投入工作状态中。

在此过程中，中层管理者应该注意保持工作目标的弹性：机械的、脱离实际的工作目标，不仅无益于帮助下属认清自己努力的方向，反而有可能脱离其能力实际，导致工作积极性的挫伤、工作热情的消退；相反，过于简单、过于细微的工作目标，则会滋生员工的惰性，并最终形成恶性循环，损害整个集体的工作效率。

灵活目标——让下属更加适应和努力

销售组田主管的助手是小赵，他年轻、学习能力强，又没有结婚，跟田主管工作的这段日子里，除了吃饭睡觉基本上都一门心思放在研究业务上。凡是拿到手的销售任务，他都第一时间开始了解客户资料、分析产品背景，常常在田主管还没有交代工作之前，就已经做好了前期准备。两年下来，田主管已经习惯了小赵的工作效率，他经常把看起来难以完成的工作交给小赵办理，小赵每次都能不错的完成并按时汇报。

最近，小赵因为工作表现出色，被副总要去当助理了。几天后，公司从生产部调来另外一位员工小李担任田主管的助手。

田主管并没有多想，他照着自己原来制定好的目标给小李安排了任务。这不，中午，他又在给小李出题目了——

"小李，这份报告明天就要完成啊。"小李看着厚厚的一叠背景资料，心想，几万字的材料，应该是一个小组做的，我一下午就能完成？何况今天晚上还要去医院看怀孕待产的老婆。领导也真是的，这份报告又不急着要。

田主管没有仔细思考过，硬性的工作目标并非适合于每个人，小李也不清楚自己的前任天天都要面对这种超负荷的工作任务，在这种双方都不互相了解的情况下，小李为了追求速度，只能糊弄了事。

刚刚从生产部调来的小李本身对于一线的生产工作有着深厚的经验，田主管没有注意到他的优势，而是依旧按照之前的硬性目标来布置工作，在工作与家庭的双重压力下，小李的工作质量势必会有所下降，长久以往很容易给工作带来不利的影响。

由此可见，中层管理者与其将目标定得太死，强迫员工完成任务，还不如提前布置，给下属多一点操作上的自由空间，在保证结果的前提下，多一种选择的可能，未尝不是好事。

 修炼项目

1. 结合实际，目标按阶段设置

目标定得太死并不明智。特别是有具体时限、质量、数量要求的工作目标，更不应该完全按照"统一标准"、"理想状态"来制定，而应该学会提前把完整的工作目标分成几部分执行，并留有一定的余地和提前量。

虽然最后都需要按时上交结果，但你如果能设立分阶段的目标，使成功看起来更容易获得，让工作计划看起来不再令人"恐惧"，这样，将能更好地解除下属心中的过多压力。

2. 不同的下属，给以不同的压力

压力并不是越大越好，压力不够，下属没有干劲，压力太大，下属会灰心丧气。

中层管理者当然希望所有的下属都如臂指使、运用得力，可惜这种理想情况并不大可能迅速实现。事实上，大部分团队内，每个下属的工作能力不同，工作投入程度也不尽相同。

因此，中层管理者应该懂得按照不同的实际情况，尊重和理解员工能力上的现实差别，给团队成员制定出不同的目标，从而给予下属更加适当的压力。当每个人背负的压力正好能够让他发挥出最大潜力的时候，集体的步调才足以战胜共同面对的困难。

3. 用目标进行管理，逐步开发下属的潜力

对于需要较长时间准备的工作任务，如果不能给下属相应的时间，

势必会造成下属应付或糊弄的情况出现，即使能认真对待，"必须限时完成"的压力也会让本来就很繁忙的下属难以完全发挥潜力，造成你管理工作的失败。

这种情况下，你不如提前帮助员工安排好手上的其他工作，然后先易后难，先小后大、分阶段完成目标。在这个过程中，通过对下属每个工作步骤的目标检查，同他进行充分的沟通和交流，积极影响其工作方法，也就同时达到了进行有效管理的目的。

 修炼要点

（1）对于发展前景大、工作投入程度高的下属，应该设置出较困难的工作目标，以适应他们的自我要求；而对于那些刚刚接手工作，或是潜力不明的下属，应该给予一定的工作空间，通过给他们较容易完成的工作目标，来培养他们的潜力。

（2）阶段性完成工作目标，需要中层管理者随时能够跟进下属。尤其是对于经验浅薄、信心不足的下属，更应该多加关心，保持频繁的沟通和交流。在这样的过程中，你才能帮助下属找到自身不足，挖掘自身潜力，树立自身信心。经过一次次的阶段目标的完成，下属最终将能够提升工作能力，练就出负责、高效的工作状态。

8.4 抗压良药"平常心"

调整心态，对抗压力

* 客观看待压力

* 杜绝攀比，平静抗压

* 不要过分追求短期的成功

市场每天都在淘汰失败者，竞争发生在企业内外的任何时间和地点。作为中层管理者，在处理好下属的压力的同时，也要注意自己身上的压力，合理地排遣与消化，对于工作十分重要。

正因为压力随时伴随在我们左右，你应当学会保持一份平常心，认识到压力自有其存在的背景、根源和合理性，同时，更应该用冷静、理性的态度，保持平和、舒畅的工作心情，杜绝自我心态的失衡，防止内心变化带来情绪上的主观压力，对工作产生更大的破坏力。

以平常心看待更多现象——不要自找压力

郭琼担任人事部的主管，她每天忙里忙外，从员工的考核、考勤，到新进人员的招聘培训，大大小小的事情无不是她一手策划加领导。

忙一点也就算了，郭琼想不明白的是，为什么刚调到人事部的另外一位主管薛萍可以什么都不积极。经理叫她带着手下起草表格，她可以懒洋洋地答应一声就扔给助手做，经理叫她参加招聘，她居然能迟到半个小时，影响整个工作进度。但就是这样的员工，与自己待遇相同不说，每年还饱受领导好评。

郭琼心中甚是不忿，总是想着要更努力地工作，超过薛萍，随之工作与心理的压力越来越大。终于有一次，为了工作上的一点争执，两个人在人事部的办公区吵了起来。郭琼一赌气跑到了人事部的经理室，硬邦邦地扔下一句："我不干这个主管了，没意思！"

经理抬起头说："怎么了？火气这么大？"

"压力太大干不了。别的还好，有这么个懒洋洋的同事在，我看不下去。"郭琼故意没说薛萍的姓名。

经理笑笑说："这种压力就是你自找的了。你恐怕有所不知，薛萍本人的确工作态度和能力不怎么样，不过，她和公司的某个大客户是亲戚，只要过年的时候一句话，每年公司从她身上能拿到六七十万元的业绩呢。这种人，老板不养，行吗？"

郭琼这才想通，其实，很多压力都是自找的。

没有平常心，不立足于自己的事情，中层管理者就很容易感受到各种各样的压力。相反，如果能够试着学会接受现实，那么，中层管理者将集中工作精力，将本职工作做得越来越好。

 修炼项目

1. 压力再大，都来自工作需要

正确看待压力，压力并不是工作中的负面因素，压力本身就是工作中的一部分。只要有工作，就会有压力的存在，而反过来，克服压力，才谈得上正确去工作。

因此，你无须再因为工作中出现的压力而愁眉苦脸，或者叫苦不迭，应该全面看到压力的作用。压力虽然可能带来失败，但反过来看，战胜压力也会凸显你个人的能力、提高个人的地位，显示出与众不同的独特价值，成就你未来发展的机遇。如果离开压力，平淡无奇的工作生活将只会让你变得越来越平庸无能。

2. 目光多看自己，不要过多同他人比较

"人比人，气死人"，浅显的话语折射出的却是职场中不正确的心态。毋庸讳言，也许你是公司上下最累的一个人，目光所及，更可能有不少看起来悠然自得的员工在享受他们的岗位。你是否因此感到不平和气愤呢？其实，一切都在于心态。

当你意识到公司里最忙的永远都只可能是老板，当你发现那些看起来悠闲的员工对公司却有着重要的作用时，你将发现，目光多看看自己，才是最好的解压方式之一。

3. 过分看重短期目标，难以取得业绩

中层管理者眼中没有目标，就没有努力的动力，然而，过分看重短期目标，甚至只能想到成功，不考虑失败，则会导致心态失去冷静和平衡。

过分看重短期目标的中层管理者，只愿意一相情愿地想象成功后的荣誉和利益，无法理性地看待失败的可能。同时，由于对成功的过度渴望引发的头脑发热，判断力和选择力随之下降，很可能遭遇到与原来想象完全不同的困难和风险，并导致满盘皆输的最终结果。

 修炼要点

（1）中层在压力面前要学会自我调控。比如，适当地转移注意力，

花五分钟从手头的工作中摆脱出来，忘记繁忙的工作节奏，可以让你获得充分的调整。或者，经常回顾自己曾经因为工作成功而获得的荣誉体验，从而获得更强大的工作动力。

如果一味地正面冲突对抗，想要迅速克服压力，获得良好的工作状态，其结果往往是缘木求鱼，难以尽如人意。

（2）目光放长远，并不能眼中只看到暂时的成功。正是为了尽早地实现目标，你才需要分析所有的失败可能，避免一切失败情况的出现。其实，当你尽可能地避免了失败情况的出现，你也就自然而然开始走向最终的成功。

8.5　看清自我价值，找到工作意义

岗位的价值何在

- 连接上下层，做企业的桥梁
- 带动工作，做队伍的稳定层
- 培养新人，做新鲜力量的培养者

"如人饮水，冷暖自知"，虽然从表面上看来，中层管理者大小也是个领导，其实，身处特殊位置感受到的甘苦，往往只有自己才品味得清楚。

团队配合失误，导致工作停滞，被批评的场合中，有你；手下员工犯错，引起难堪局面，责令反思的名单中，有你；甚至客户莫名其妙地毁约，推卸责任的埋怨，领导一怒之下要求检讨的范围中，还是有你的

名字。不少中层管理者因此感叹，中层难干，领导难当。

其实，中层的位置是否难干，要看你是否能充分认清自我价值，找到工作的意义。

中层的作用在于联结，承担着企业的沟通重任；在于表率，承担着基层的引领方向；在于培训，不断发现有前途的员工并充实进管理队伍。因此，中层管理者不应该妄自菲薄，更没有必要悲叹不受重视。发掘你工作价值的起点，在于是否能及时找到工作的意义。

中层管理者的价值——你是最重要的一环

莫刚是生产流水线上的段长，在这个岗位上，他已经工作了将近十年。但是，同不少平庸和停滞的中层不同，他始终能保持一份进取的意识。

最近，公司新到了一台从德国进口的机器，由于指导使用的专家还没有到，机器只有放在车间，谁也没去管。莫刚绕着机器转了两圈看了看，没说话。下班回家以后，他并没有忘记这件事，而是上网搜起这台机器的背景技术资料来，网上收集不到，他又开始到处打电话找自己认识的人提供帮助。

过了几天，莫刚对这台机器了解得差不多了，专家也正好来到了本厂。在他们的现场指导下，莫刚很快就掌握了使用和维护机器的技术，并且提出了不少带有新意的自己的看法，让外国专家对他刮目相看。

送走专家以后，莫刚承担了对流水线操作员工培训的职责，他不厌其烦地演示着使用方法，强调使用注意点，确保每一名员工能牢牢记住这些规则，直到机器正常投入工作。

对于莫刚来说，这些工作是那么的普通和寻常，然而，正是在这些工作中，他体验着中层管理者的自身价值，发掘到了岗位中的快乐和成就。

莫刚并没有因为自己职位的稳定，而丧失在工作中的乐趣。他能够积极看待自身责任，动态地完成工作任务，将自己看做企业中重要的一环，真正投入了自身感情去对待工作。因此，他始终是以快乐和充实的心态在工作，工作回报给他的自然也不止工资那么简单。

 修炼项目

1．积极看待自身位置

中层管理者应该能够积极看待自身位置，其无须妄自尊大，也不必菲薄自己。对任何企业来说，中层管理者的工作都是企业重要的绩效来源，企业是否能够发展壮大，往往取决于中层管理者队伍的质量。

因此，虽然中层管理者在整个企业内并不算什么处于金字塔顶层的位置，但是，你所处的位置负责了整个金字塔上下的联结，处于相当重要的位置，也肩负了更多的责任。

2．完成的不仅仅只是程序

中层管理者对工作的完成过程并不只是一种程序，如果把你的工作只看成一种上传下达、例行公事，那么，势必会丢失很多积极工作的主动性，也减少很多工作中的创意。

事实上，中层管理者的工作可以加上更多的创新，创新体现在细节上，通过创新，你可以克服平时日复一日的工作中所造成的心理重复感和职业倦怠感，通过主动发现新的工作内容和工作方式，中层管理者可以获得更多的成就感。

3. 从培养员工过程中找到快乐

不断地发现有潜力的员工并加以培养，是中层管理者工作环节中不可缺失的一环。通过对员工的不断考察和选拔，最终挑选出你认为有足够发展前途的员工加以培训，最终形成企业的新鲜血液，成为企业的骨干力量。这种快乐往往是超越了工作本身。它带来了企业文化的传承、企业集体的扩大，影响了你在他人眼中的形象，也推进了你和他人的工作关系和感情交流。最重要的是，带有培训意识地去工作，能够极大地提升你的工作兴趣，增加你的工作动力，让你获得工作成就以外更多的快乐。

 修炼要点

（1）学会从日常看似简单甚至平淡的工作中，发掘岗位的价值。任何岗位都不可能每天从事着大放异彩的工作，想要成功，就离不开细节的努力、平日的积累，即使在感觉工作最无趣最让人厌烦的阶段，也要保持一颗不断向上进取的心态，以求得早日走出职业发展的瓶颈期，克服职业发展的倦怠感。

（2）事物的表现状态并没有什么不同，然而，改变你观察事物的角度，自身的收获将会有明显的差异。对于手下的员工，你恰恰应该不再只是把他们当成工作的下属，还应当学会把他们看做老板交给你培训的人力资源，看做为企业谋求发展的人力资本。当你带着培训意识去看待员工时，他们也将体现出与以前完全不同的价值表现。

第9章

修炼6·合作力：
上下一心打造高绩效团队

仅个人能力，中层管理者很难成功，

更难以取得团队绩效的充分提升，

只有上下一心，高效配合，形成合力，

才能形成更加高效率的工作风格，打造团结协作的工作团队！

9.1 高效的团队就是人人高效

团队成员高效的重要性

- 成员是团队的重要组成部分
- 工作态度会相互影响
- 水桶理论

中层管理者负责的不只是个人，也是为自己的一个团队负责。

团队的成果代表着中层管理者工作的成果，团队的工作效率意味着中层管理者自身的工作效率，团队的表现决定了中层管理者在上级眼中的工作能力。因此，中层管理者的目光应该随时随地关注自己的团队，关心其中每一名成员，只有做到让团队中的每个人高效，才能获得更加高效的团队。

让团队成员更高效的侧重点很多，在工作能力、工作经验都大致相同的情况下，不受外界情况影响，难以轻易动摇的团队，将表现得越发稳定。反之，动辄为一点传言或者一些突发情况而自相惊扰，难以避免内部的波动，这样的团队势必会因为很多意料之外的情况而影响工作态度，降低工作效率。

高效率的影响——带动好团队内的每个成员

最近，工作业绩不佳，上级批评的话语，经常在销售二组的汪俊组长耳畔回荡着。

其实就汪俊个人来说，他的能力是很强的，曾经领导过多个团队，是公司内的重点骨干，但是近来这种情况好像不一样了，业绩越来越差不说，团队内部还隐隐约约兴起了流言，搞得大家人心惶惶。

事情的起因在团队的销售主力——赵月臣身上，原本他的业绩很是不错，但慢慢地就开始有了滑落的迹象，尤其是这几个星期，不光鲜有客户，还经常请假不来上班。团队的整体业绩自然受了很大影响。公司内部开始有人谣传说："赵月臣被对手公司瞧上了，过不了几天就要跳槽，人家给的薪水那可是相当可观啊。"此话一出更是让众人无心工作。

这时汪俊站了出来，据他的了解，赵月臣压根就不是想跳槽，而是他母亲生了重病，他把之前积攒的年假用来照顾他的母亲。汪俊由于从事销售多年，人脉很广，所以托朋友给赵月臣介绍了一个好医生，没过多久，赵月臣就继续回来上班了。

这个举动不光平息了谣言，还让赵月臣打心眼里佩服起汪俊来，此事口口相传竟成了团队中的佳话，在赵月臣这样的销售骨干的带动下，每人都高效率地投入到了工作之中，没过多久，团队的业绩恢复了原有的水准，还提高了不少。

人们总是喜欢说整体力量的庞大，而忽视了个体的作用。其实在现实的团队中，只有人人高效，才能形成团队的突飞猛进。

在案例中，就是因为一个员工的效率降低，不仅影响了整体的效率，还在团队中兴起了流言，可见重视每一个人对于团队来说是至关重要的。

 修炼项目

1. 稳定员工的效率：他们决定团队力量

一般来说，员工们的工作经验不如中层管理者丰富，心态也往往不能很好地控制。一点风吹草动，往往会影响他们的情绪，破坏他们本来稳定的工作效率。

因此，中层管理者应该善于稳定其中每个人的工作效率，引导员工将心思用在工作上来，而不要把过多的注意力分散到无须关心的事实上。从而保证员工始终用稳定的效率从事工作，保证团队发挥最强的合力。

2. 言传身教：用自身工作态度影响下属

如果中层管理者表现的和团队中的下属没有什么不同，那么，自然难以用本身独特的工作态度来影响下属。"领导也就这样"，员工们很容易因为这样的心态，而更加有恃无恐地降低自己的工作效率，进一步丢失应具备的工作态度。

因此，无论是在日常工作中，还是遇到突发的事件，中层管理者都应该起到带头的作用，以身作则，这样才能做到上下一心。

3. 消灭短板：重点关注最容易动摇的层面

团队工作效率的降低，往往来源于其中的某一个环节，甚至可能只因为具体的某一个人的行为，而破坏团队所有成员的努力。

在平时观察的积累上，你应该在出现问题的时刻，特别关注这些可能动摇的团队层面，及时地提醒他们保持原有的工作效率不要轻易动摇，在他们发生负面影响之前，及时地予以帮助和改正，以保证整个团队工作的平稳有序进行。

 修炼要点

（1）自身在稳定团队的工作态度中能够发挥多大影响，取决于中层管理者平时在工作中树立的权威。中层管理者的工作能力、工作态度、人际关系等综合表现优秀的话，都会让下属有所触动，并给出相应的配合行为。

（2）对团队短板的关注来自平常工作中的了解，"将不知兵"的状态下，中层管理者很少和员工交流感情、分析内心，也就谈不上具体去观察不同的员工各自的状态。一旦面临团队整体的动摇，甚至都无法判断清楚究竟来自何种原因，这样的中层管理者无疑是不负责的。

9.2　承担自己，更要承担他人

中层管理者的岗位职责

- 为员工的错误负责
- 监督检查员工的职责
- 承担自己应有的责任

中层管理者岗位的特殊意义在于，你不再仅仅是作为一个个体为企业做事、为老板服务。在老板看来，他雇用你担任中层管理者的意义，就是要让一个团队的责任能够投射到具体的某个员工身上，一旦他需要明确责任，或者交代任务的时候，只需要找到这名领导员工，而不必再亲自过问一切细节。

岗位的作用如此，那么中层管理者更应该明白，自己承担的不仅仅是自身工作，而更多的还有他人的工作。只有作为团队领导的中层管理者能有这样的意识，整个团队才会因为核心的承担力，而显得越发团结一致，目标突出，合作力大大提升，工作效率明显加快。

　　承担别人，就意味着时刻将员工的工作状态放在心中，明确自己有着为员工错误负责的义务，当问题出现时，应该首先在上级面前检讨自身的不足，而不是尽力推诿。让员工承担责任，会丢掉下属的信赖，失去团队的合作力。

中层管理者——对下属的工作结果负责

　　老板打来电话，声音听起来很不快，他让财会部的主管柯蕙赶紧去一趟。

　　柯蕙来到办公室，发现自己手下的小雨正一脸无辜地站在那里。老板脸色阴沉地招手让柯蕙走近，拿出一张表格说："你看，这是上次让你们准备的给客户的资料，这里，还有这里，两个数据，都是错误的。市场部的同事花了很大力气才跟客户解释清楚，对方觉得很不可思议。你的手下都是怎么做事的？"

　　柯蕙仔细看了看数据，才发现数据是自己给小雨的，看来，前段时间工作繁忙，很可能是自己统计时弄错了。柯蕙镇定下情绪，对老板说："领导，不好意思，的确是我的责任，我工作出现的错误。而且，也是我把数字弄错交给了小雨，她的工作态度没有错。处罚就处罚我吧。"

　　老板不高兴地挥挥手说："下次要注意！"让柯蕙和小雨离开了办公室。出了门，小雨感激地对柯蕙说："柯姐，谢谢你了。"

　　"没事的，的确是我的错，而且就算不是我的错，我也应该对你们所有的工作结果负责。"

　　这件事情之后，整个财会部更加服气柯蕙的管理，团队变得更有效率；而她也加强了自身的管理，没有再出过类似的错误。

柯蕙及时承担了下属工作结果的责任，没有表现出推诿。因此，她不仅履行了自己的责任，同时体现出对团队的负责，加强了团队的凝聚力，也无形中增强了下属的工作动力和效率。如果用的是另一种态度，可能结果就会大打折扣了。

 修炼项目

1. 员工的一切错误都有你的错误

员工的工作错误并非和你无关，从员工成为你的下属那一天开始，你们的工作结果可以说就紧紧地联系在一起。员工的成功意味着你领导得有方，同样，员工出现错误，也不可能只由他们自己来负责。

无论是工作粗心、还是工作态度不负责，以及交流沟通出现障碍，很多程度上都有着团队领导关心不够、观察不清、处理不当的错误。因此，首先避免自己犯这样的错，就能一定程度上减小员工犯错的可能，减少用在修正结果上花费的时间。

2. 随时把员工的工作放在心上

减少员工犯错的另一种可能途径是把他们的工作放在心上。

中层管理者必须要具备过人的注意力和时刻旺盛的精力，这样才能做到不仅记住自己的工作，还能随时随地想起自己的员工在做什么，并加以监督和参与。否则，很可能因为中层管理者对员工工作的失控，而导致团队工作的无序和不受监督，以至于发生问题时才临时抱佛脚。

3. 表现态度，出现问题时首先批评自己

即使问题完全和中层管理者没有关系，但是当问题造成后果，影响全局时，中层管理者还是必须要表现自己的态度，首先批评自己的责任。

中层管理者通过批评自我责任，才能够使对员工的批评显得更加公平、更加客观和更加有说服力。同时，通过自我批评，能够让你的上级看到你的反思态度，是对问题加以改正而不是推诿，对责任加以自我明确而不是继续存在出错隐患。

修炼要点

（1）防止员工犯错，重点在于把自己同员工看做一个整体。从内心明确，当领导批评你的下属时，受到影响的绝对不仅仅是他个人，而是整个团队，团队的评价降低也就是中层管理者的评价降低，因此，对员工负责，也就是对中层管理者自己负责。

（2）自我检讨应该真诚有力，出发点应该是为了警醒自我和下属，防止再次发生同样的错误。当下属看到因为自己的失误，而导致领导在上级跟前诚恳地承认错误，或者在团队面前自我批评，绝大多数都会产生自责，并把这份自责转换成为今后努力工作的动力。

9.3　让合适的人做合适的事

量才而用，各司其职

- 学会将任务划分类型
- 熟悉自己的下属
- 分配任务：兴趣结合工作需要

一个团队是否能有充分的合作协调能力，其内部的岗位上是否安排了合适的人选是重要的原因。如果岗位上的员工热爱工作，能够发挥自身所长，那么，不同的岗位将会形成相当有效的合力，形成团队的高效。如果岗位上的员工或厌倦工作，或无法发挥特点，那么，团队越大，人员越多，越会导致内部的矛盾丛生，问题不断。

由此可见，中层管理者在分配岗位工作上应该履行自己重要的职责。通过把不同的工作安排给不同的员工，你能够有效地促进团队中各个角色的固定形成，并且结合具体的工作任务布置过程，来了解员工的不同特点，发挥他们的不同特长，保证人和事对应的科学有序。

通过让合适的员工做合适的事情。中层管理者将最终得以开发团队的潜能，提高团队的价值。

人和事——为手下找到最合适的舞台

朱成受公司的安排，来到 B 市的手机专卖店担任店长。

第一天上午，正是生意清淡的时候，朱成从办公室的玻璃隔门向外看去，观察员工们的表现。然而，情况却不容乐观：本应该负责售后的小宋不知道什么时候从售后服务柜台溜到了销售柜台，正在专心致志地看着手机模型；本应该管理销售柜台的小白，正跟其他营业员窃窃私语着什么。

朱成并没有马上去制止，她想了想，在中午吃饭的时候同小宋和小白进行了一些接触。她发现，小宋喜欢摆弄手机、计算机这些机器，而小白早上同营业员谈论的其实是顾客对手机的评价和反应。同时，小宋性格内向沉稳，说话得体老练，而小白则性格爽朗，比较热心。

通过对员工的了解，朱成决定给两个人调整岗位，让小宋去做销售，而让小白去做售后服务。没想到，两个人的第一反应居然都很热烈，原来，她们早就"觊觎"对方职位很久了。

果不其然，互换了岗位的两位员工，在新的工作领域如鱼得水，大大提高了整个集体的工作质量。

朱成给两位下属互换工作岗位并不是心血来潮，而是建立在长期养成的观察能力和分析能力基础上的，通过为员工选择岗位，她不仅更加受到员工的喜爱，也提高了团队的工作水平，展现了个人的领导才能。

 修炼项目

1. 任务类型在你眼中的分类

每个人都有着自己的特长及关注点，同样，不同的中层管理者眼中，必然有着不同的工作任务分类。

有的中层管理者只能简单地把工作分为紧急和不紧急的，重要的和次要的，简单和困难的，等等，其实，这只是根据个人感觉进行的分类，出发点是作为员工的心态；而有的中层管理者则善于将工作分为适合外向的、适合内向的、适合领导气质的、适合技术操作的，等等，出发点是作为管理者的角度。两者相比，从管理上来说，无疑是后者将更切合实际，更能发挥效果。

2. 从不同侧面去看待下属

看待下属要从不同侧面，如果专门从缺点去看，那么，任何下属恐怕都不能令人满意。如果仅仅从表现上来看，也往往会形成错误的认识。

"这个下属不负责"，"这个下属喜欢偷懒"，等等，中层管理者做出这样的定论似乎很容易。然而，你并没有仔细地想一想，人是受到环境影响的，如果能够为这样的下属换一个环境，换一个岗位，能不能达到换一份心境，换一种态度的目的？很多中层管理者没有这样尝试之前，就直接给下属贴上了人为的标签，导致了团队工作能力不断丧失。

3. 分配任务的巧妙艺术

分配任务既要结合员工的能力，又要首先激起员工的兴趣。这就关系到中层管理者是否具备巧妙的言语能力和不为人所察觉的暗示艺术。

当你分配的任务能够为员工所欣然接受，并感到自己的能力的确将因为新工作新环境而充分发挥时，那么可以想象，团队的成功也就不远了。

 修炼要点

（1）要学会从下属的缺点中看到其可塑性，进一步把缺点改造成为优点。比如，性格外向可能是缺点，常常在团队中过分活跃，然而，让性格外向的员工从事外联工作，或者从事客户咨询服务，那么，性格外向的特点很可能发挥作用，变成有利于工作的优点。

（2）暗示员工适合做某项工作的方法，很有必要加以学习和锻炼。通过描述员工的表现，比如，"你能静下心来""你是很受大家喜欢的人"，等等，可以加强员工的自信，使他充分认识到自己的能力特点，然后再具体描述工作的需要，"这个岗位需要仔细安静""这个任务必须要有亲和力才能完成"，从而建立员工和任务之间的联系，最终让员工开心愉悦地接下任务。

9.4 有力的拳头需要五个手指攥到一起

捏合团队的重要性

- 团队不容分散成小团伙

- 以长补短，提倡互助

- 调和团队矛盾

中层干部想要掌控工作，保证效率，必须要做到掌控团队。如果下属们像一盘散沙，各自有各自的打算，各自有各自的想法，互不包容和理解，很少顾及他人和集体，那么，即使中层干部个人能力再强，工作态度再端正，恐怕也无法将团队捏合成为有力的拳头，发挥出最大的力量。

如果中层管理者不当，让团队沦落成为团伙松散的组织，无法调和内部人员之间的矛盾，那么就谈不上互相配合，可以说，团队中的每个人都如同手指一样，只有相互靠拢，攥在一起才能让团队在质量上有很大的飞跃。

团队的黏合剂——将裂缝消灭在最初阶段

每周一次的销售小组会议召开了，组长范程主持会议。这次讨论的是如何分配下季度工作任务的问题。

范程首先总结了上季度的工作任务完成情况，重点表扬了小邱，他的业绩完成得相当出色，其次还认可了小吴的工作，作为业绩的第二名，他的表现也可圈可点。

之后进行了工作任务的分配。分配结束以后，小邱不满地当众说道："这个季度我的工作任务又增加了啊，领导，上个季度我可是努力加走运，这个季度再增加，我可真有困难了。"说着，几个和小邱相处较好的同事也纷纷表示支持。

小吴在一旁冷冷地说："是啊，上个季度你好像还抢走了我负责的两个经销商。"

"怎么能这样说呢？不都是公司的嘛。当时你不是出差了嘛，是他们找不到人，才找到我的啊。"

话没说完，就被小吴身边的人的反驳打断了。

看着矛盾升级，组长范程赶紧开始调和。他听取了详细情况，将小邱的过重的任务分担到了其他的员工身上，同时也鼓励了员工们应该把工作当做是团队整体的事情，不应总是想着是谁抢了谁的工作。每个人在工作中总会有起伏，但总体上都为团队做出了贡献，所以不应有嫉妒的情绪，更不应该产生矛盾。

尽管团队中经常会出现一些矛盾，但是只要合理解决，并按照实际情况进行规划，那么矛盾反而会演变成为催人上进的动力，如果只是一味地按照个人意愿厚此薄彼，那么整个团队终将会支离破碎。

 修炼项目

1. 要做团队的领头人，不做团伙的老大

团队需要领头人，但是不需要团伙的老大。

作为团队的领头人，中层管理者应该能够从大局出发，从长远出发，高瞻远瞩，看清整个企业对于团队的工作要求，而不是忙于许诺，用暂

时的眼前利益，来稳住存在矛盾的员工。你应该明白，暂时的眼前利益只能"治标"，不能"治本"，一个松散的集体，是无法长期取得稳固的业绩的。

2. 团队的事情，就是大家的事情

团队的事情应该是所有成员的事情。因此，无论是相互帮助，还是相互配合，都应该出于"公心"而不是"私心"。谈不上谁损害谁的个人利益，谁又给了谁面子。

中层管理者应该多用这样的工作思想和态度去浸润整个集体，让大家能够分清私人情感和工作义务。互相协作、共同提高是工作的必要条件，并不是为了私人之间的情感交流，或者把工作仅仅当成联系人脉的纽带。

3. 学会调解，让员工之间没有障碍

员工之间出现矛盾、冲突，形成交流障碍并不罕见，中层管理者相对应的处理办法，则能显示出能力上的差距。

有的中层管理者只会用大道理来压服人，有的中层管理者则只会用小利去求得暂时的和解，其实，这些方法都不足以用来凝聚一个团队。

真正的调解方法，在于让员工们意识到集体的利益就是自己的利益，同事的利益也就是自己的利益，短期内看起来自己受损，其实是保障了工作效率，最终扩大的是自己身处的平台。晓之以理，动之以情，相信员工们最终会理解你的苦心。

修炼要点

（1）想让员工们相互理解配合，中层管理者自己首先应该有鲜明的

态度——一切为了工作。如果中层管理者动辄意气用事，在工作中不能客观、理性、独立，经常受到主观感情色彩影响，那么，你也就无从要求员工更加照顾集体、更具有"大我"意识。

（2）对于出现矛盾的员工，你应该扮演他们之间沟通渠道的角色。通过对双方的接触，展开帮助他们相互之间重新认识的工作，启发他们改变自己看待问题和事物的角度，用新的眼光去发现对方。同时，工作中不仅不要隔离双方，反而要在自己也参与的情况下，让双方更多地合作共事，增加了解，增进工作中的友谊，最终能够重新捏合到一起，成为真正的团队。

9.5　共享资源，为我所用

共享资源利于团队

- 资源：团队共同开发
- 资源：团队共同使用
- 整合资源让团队合作更无间

无论是人脉资源，还是市场资源，都是完成工作任务所必需的前提条件。显而易见的是，资源掌握越丰富，就越能加快工作速度，提高工作的效果。在前提相同的情况下，掌握的资源甚至可以决定工作的成败，决定团队的兴衰，决定中层管理者的职场走向。

鉴于此，资源的共享平台搭建，必然应该成为中层管理者领导团队重视的问题。通过分享资源，团队成员得到越来越多交流的机会，通过共同使用资源，团队成员获得更多的工作经历。对资源的整合过程，实际上就是对团队关系和脉络的梳理，让彼此间的合作走向更加亲密无间的状态。

打好手上的牌——资源属于团队

主管业务的杨经理叫来了主管销售的陶组长，询问最近他负责的N市的一笔业务。

"老陶，那家客户你们拿下来没有？"

"杨总，是这样的，客户对我们的产品很认可。不过，他们由于是第一次同我们接触，所以似乎总有点不放心我们的售后服务。现在好像还在纠结着呢。"陶组长皱着眉头说道。

杨经理想了想说："如果我给你们安排一家和他们熟悉的客户，帮助你们现身说法介绍售后服务，你感觉会不会把握大一点？"

"呃，那当然有效果，我敢保证可以在此基础上说动客户。"陶组长高兴得差点没拍胸脯。

等陶组长走了，杨经理叫来另一销售组的朱组长。

"老朱，听说你跟N市的那家大集团销售关系做得很好啊。他们对我们的售后了解吗？"

"杨总，他们很了解我们的服务水平。"朱组长信心十足地说道。

"那我可要请你给陶组长他们帮个忙了……"杨经理把实际情况说了一遍。

听说要借用自己手上的客户，朱组长脸上未免有些难色。不过，在杨经理的分析下，他也感觉是为公司在做事，不仅仅为了帮助陶组长的业绩，于是，他立刻行动起来去邀请那位客户出面。

工作团队中的任何成员都不可能是三头六臂，他们不可能掌握超越自己业务能力和范围的资源。这时候，就需要由中层管理者来统一调配资源，划分责任，利用自己的关系和权力整合工作条件，达到促进下属的了解和信任，加强交流与合作的目的。

 修炼项目

1. 每个成员都有开发工作资源的责任

工作资源的开发不是某一个人的事情，更不应该完全是管理者的事情。所有的团队成员在工作中都有义务和责任，留意一切可能为将来团队工作所用的资源，并加强发掘和联系，以保证随时可以用上。

2. 资源并不属于个人，而更多属于集体

虽然员工个人付出了很多努力，不过，手头的工作资源并不应该属于员工自己。

中层管理者应该多强调资源属于整个集体平台的意识，只有平时注意这样的引导，员工们才能在需要整合资源的时候相互充分信任协作，互相提供给对方必要的支援与帮助。当整个团队形成互助、共赢的气氛之后，工作节奏必将加快，而工作质量也会提高。

3. 中层管理者应大胆整合工作资源

当团队内部资源交流不畅，或者无法相互配合的时候，作为中层管理者，你应该及时发挥岗位的作用，利用自己的大局意识和指挥能力，协调下属们通过互通有无，互享信息的形式，整合各自手中的工作资源，形成良好的互动和配合，以达到尽快完成工作的效果。

修炼要点

（1）为了强化开发工作资源的意识，中层管理者应该经常性地强调拓展业务渠道的重要性。对于对工作资源重视不足、收集不够积极的员工，应该及时提醒，并安排这方面能力强的员工予以帮助。总之，全员发动，全员参与，让所有下属都成为资源收集者，你的团队效率才能越来越高。

（2）整合资源对于中层管理者的要求很高，这个过程必须建立在你对每个员工手头资源的充分了解上。如果员工对你充分信任，同时你对他们充分了解，那么，有关工作资源的信息你才能更加透彻地掌握。反之，如果中层管理者自己都不清楚手头的牌，就注定难以打出有力的组合策略。

第 10 章

修炼 7 · 沟通力：
让上下属都和你"掏心掏肺"

沟通力，

是中层必备的工作技能，

拥有良好沟通力的中层，

才能获取上级的肯定、下属的信任！

10.1 无论上下属，做有效沟通的主人

为什么一定要做有效沟通的主人

- 想成为中层管理者中的骨干力量

- 想成为公司管理层里的精英分子

- 想让下属为事业道路上的发展做出有力的支撑

- 想让老板为发展平台的提升给出足够的动力

作为中层管理者，想要达成上述的条件，想让公司或单位所有人全面认识你并喜爱你，绝不仅仅是靠工作能力。无论是你为之工作的老板，还是公司或单位中的前辈，抑或刚刚来到的新人，你的能力再优秀，只会获得他们的赞扬。而要想获得他们的喜爱，你必须成为沟通的主人！沟通也必将为你带来神奇的力量！

沟通的力量——亲和力带来说服力

薛亮担任业务主管，他并不以领导自居，经常主动同下属沟通。

某天中午，新人小潘正利用中午的时间做着自己没干完的报表。薛亮经过时伸头看看，叫了声"小潘"，小潘带点紧张地说，"薛哥，啥事？"薛亮知道前段时间他看世界杯估计落了点工作，现在正紧张地弥补，心想，一味责怪，恐怕反而于事无补。于是微笑着，说："前几天球赛是不错，不过现在结束了啊，这几天得加油了吧。要不然公司会扣你奖金哦！"小潘不好意思地笑了笑，说："薛哥，您放心，我

保证赶紧做完。"

就这样，小潘有了更强的责任心，迅速地在规定时间内完成了工作。

在小潘加班，需要鼓励支持的时候，薛亮虽然算是领导，却并没有单纯地责怪，反而及时用微笑的态度，化解了下属的紧张和尴尬，提升了他的士气和斗志，加快了工作效率，同时也树立了自己的权威。

最终，薛亮的真诚沟通换来的是团队更高的效率，是下属更强的责任心，是业务的进一步扩大。

你要明白一个道理——通过有效的沟通，无论上级还是下属，都能够成为你的助力而不是阻力。

 修炼之道

1. 沟通要真诚

无论是向下属交办事情，抑或向上级汇报工作，或者是同客户进行交流。绝大部分情况下，沟通之前，你都应该记得带上一点真诚的微笑。

真诚的微笑可以缓解尴尬的气氛，可以定下谈话的基调，可以改善可能存在的矛盾关系和工作压力。没有人会对真诚的微笑有抗拒之感，如果有人讨厌你的笑容，那么，请多反思自己的笑容是否存在太滥太假的嫌疑。

首先，笑容应该由心而发，在面向他人微笑的时候，一定要记住，"他给了我机会"、"他教我很多东西"或者"他会支持我的工作"，当你的内心有这样感恩情绪的时候，笑容才可能变得真诚。其次，为了改善自己的笑容，不妨对着镜子多练习一下，记住只有眼睛在笑的笑容才是最真诚的笑容。

2. 工作时只说领导要听的话

在商言商，工作中也是同样的道理。作为中层管理者，与领导在工作沟通时一定要把握好分寸，作为中层你只需要不卑不亢地把自己成熟、干练的一面展示给领导即可。

需要特别注意的是，在领导面前汇报工作一定只说领导要听的话，领导不想听到的无关紧要的话通通不要讲。少说、精说、多做无论何时何地都是与领导沟通的最有效路径，而通常抱怨、诉苦等行为只会让你的职场生涯越发泥泞，即使与领导再熟络也要绝对避免这些不成熟的表现。

当然私下里与领导成为朋友，甚至无话不谈是另一码事情。

3. 从下属的利益出发点来沟通

虽然作为中层管理者，必须考虑你的团队全局，想着整体进度。但是，这不代表当你同下属沟通的时候，也应当采用这种思维，甚至只用这作为唯一的说服理由来要求下属。

当然，我们并不提倡尽量迎合下属的管理方法，对于下属的错误，你必须严格地指出其危害。但是，只有大局观的中层，不可能真的被下属信服。对于不少懵懵懂懂缺乏责任心和紧迫感的下属，完全只需要用他的切身利益，就可以让他认同你的管理。

比如，"你这样做，会对自己的业绩产生危害"，"你这样做，月底奖金不要了"这样的沟通方式，比起"你害我在老总面前被骂惨了"，"你去和上面交代"等批评，要有效得多。

另外，作为中层管理者，工作繁重的情况下，很多部署都需要通过电话下达。注意自己的表达方式和说话语气是必要的，试想，如果你总是冷冰冰地在电话那端进行对话，哪位下属的心情会愉悦呢？总之，让下属舒心愉悦地接受并完成任务，才是你下达部署的最终目的。

 修炼要点

（1）同"厚黑学""心机学"强调的所谓"智谋"不同，身处中层的工作方式，靠的并不应该是什么对下属虚伪的利用，或者是对客户狡猾的逢迎，而是凭着自己的善意的沟通，获得他人的好感，拉近同他人的距离。

（2）每个人都希望自己获得别人的喜爱，同时也希望得到别人的承认和帮助。只有充分了解对方的需要，并以之指导自己的行为，才能实现自己的目的。

10.2　读懂上级，才能有效沟通

了解上级，沟通的基础

- 习惯上级的工作节奏
- 弄清楚上级的潜台词
- 迅速理解上级的意图

中层管理者的工作成绩能够获得怎样的评价，基本上都是由上级来评定的。更不用说在工作的过程中，中层管理者还需要受到上级的领导，得到上级的帮助，以期获得及时的指点、充分的资源。

因此，工作进程中，中层管理者不仅要紧盯过程和结果，同时也应该及时读懂上级的内心，才能做到有效同上级沟通，充分体现自己的全方位特点。

上级——工作节奏的指挥棒

熊飞是万总的办公室主任，几年来工作经历中的仔细观察，让他摸透了万总的个人特点。

周一上午，熊飞新来的助手小柴拿着一份报告想去万总的办公室，熊飞叫住了他。

"干什么去？"

"给万总交材料呢。"小柴疑惑地看着熊飞。

"哦，你可能不知道。万总的习惯是周日夜里要看球。周一上午上班的第一个小时，如果没什么大事，他需要自己清醒一下，不要随便去打扰他。"

小柴明白了，他收起了报告，打算迟一点再交过去。

快到午休时间，小柴送过去报告，回来告诉熊飞。"主任，交给万总了，万总还交代说，周五您汇报的那件要和客户沟通的事情，让您自己看着办。"

"哦，好的，我知道了。"熊飞立即打开电脑，一边和小柴说道，"得立即办啊。你知道吗，万总嘴上的随便办，就是要自己迅速找到时间处理。"

小柴若有所思地记下了熊主任的话，心想，读懂上级的心思，看来真是重要啊。

作为办公室主任，熊飞工作围绕的重点自然是身为顶头上司的万总。通过对上级工作节奏的了解，以及对上级在工作中潜台词的了解，熊飞有效避免了工作中出现不必要的问题和麻烦，做到让自身工作更加适应上级，也加强了同上级的沟通和交流，获得了他们更好的评价。

 修炼项目

1. 跟着上级的工作节奏走

很多工作过程中，中层管理者不可能完全由自己定出工作节奏。本部门的工作既然牵涉整个企业的利益，牵涉同上级的交流和沟通，就必须要适应上级的工作节奏，按照上级的思路和意图行动。

如果不能尊重上级的工作习惯，盲目地采取自主行动，往往会造成和上级的误会与脱节，导致工作衔接上的失误，导致"吃力不讨好"的局面形成。

2. 听出上级的话中话

由于个人习惯，或者环境特殊，抑或有意对员工体现出尊重，在不少情况下，上级并不会直接说出工作的明确指令。

虽然没有明确的指令，并不代表你的工作就丢失明确的方向。对于上级的潜台词，你依然要能够充分领会其内涵，从中取得工作的指向性。同时，对上级个人的语言表达习惯，也要予以足够的重视和体会，以保证对话中含义正确的理解。

3. 向上级提选择性的问题

同上级的交流和沟通过程中，难免会需要向上级提问。然而，提问的技巧不同，会导致结果的不同。多向上级提出选择性的问题，比如"是下午就联系客户吗？""是安排在 A 酒店还是 B 酒店"，比起漫无目的，随意发问的"什么时候联系客户""什么地方召开会议"要好得多。

修炼要点

（1）跟好上级的工作节奏，前提是尽量多地观察上级平常的工作方式。无论上级正在从事的工作和你有没有直接关系，是否需要你的参与，你都可以随时随地留意他的行动规律、处事方式，乃至工作日程安排的习惯、生活起居的特点，并从中得出规律性的内容，以便作为今后自己工作节奏的借鉴和参考。必要的时候，也应当以此指导自己的工作，以便收到和领导同步的效果。

（2）提出选择性的问题，其巧妙之处是答案应当就在你选择的合适的范围内。而其关键也就在于你能否选择出答案的范围。

答案的范围是否准确，发源于你对上级的行为作出的推测，对上级的心态作出的预判。当你依据经验，能够准确分析出上级面对问题大概的选择方向时，提出的选择性问题，将更加契合上级的内心，从而让上司能够轻松作答，更高更快地提高团队的工作效率。

10.3 对下属既要尊重也要公平

平等对待下属

• 讲感情，更要讲原则

• 赏功罚过，没有差异

• 平等和谐的工作关系

如果说上级是中层管理者工作的指挥棒，那么，下属就是中层管理者工作的支持者。下属的工作积极性、工作态度，将会直接影响工作的效率和进程，体现到工作结果的成败上。因此，在同下属的沟通中，应该注意平等对待，一视同仁。

无论对于什么样的下属，中层管理者都应该重视工作原则，用原则来体现你的观点和态度，用原则来约束下属的行为和思想，而不要动不动就涉及私人感情，使得工作变成了拉关系、讲义气、搞社交。同时，对于不同的下属，中层管理者应该注意用同样的标准进行管理，赏功罚过，公平公正，切忌管理标准的二元化，努力创造平等和谐的工作关系。

下属——重视你的工作原则

郑主管的办公室原先工作气氛良好，上下属配合得力，同事相处愉快。因此，郑主管对自己用感情管理团队的工作方法深信不疑，但最近这样的和谐被新同事打破了。

新同事小吕，是董事长以前的司机，因为车开得好，人灵活，因此董事长很喜欢他，特意让他不用开车，进公司部门锻炼锻炼。

小吕工作能力的确不错，把几家客户关系处理得很到位，稳固销售业绩的同时还在开发新的客户。然而，他的工作态度实在不行，每天上班时间都不同，有时候九点到，有时候十点多，下班也是想几点走就几点走，完全不把劳动纪律放眼里。

郑主管开始注意这件事，他暗示小吕几次，让他注意改正。小吕口头谦虚地表示接受，行动上却没什么变化。郑主管想，毕竟是董事长的人，而且工作绩效也不差，总不能处罚他吧。于是听之任之。

郑主管不知道的是，此时，他手下的员工们正在窃窃私语。

"为什么我们办公室就能随便迟到早退？"

"领导太没有原则了。"

一种不满的情绪，正悄悄地在郑主管还没有察觉到的地方蔓延……

郑主管对小吕的纵容，不仅是对小吕个人的不负责任，对自身工作的不负责任，同时，也没有办法向自己的下属解释清楚，很容易被下属看成没有工作原则的领导，并由此导致之后的诸多问题。修补工作中的漏洞，重新树立讲原则的公正形象，是郑主管的当务之急。

 修炼项目

1．工作中最重要的是原则和立场

想要成功地凝聚一个团队，光靠对下属讲感情的管理是不够的。对于某些员工来说，他们更需要直接看到你的原则和立场表态，从而全面认识到自身工作岗位的责任，而过分地讲感情，利用人际关系来管理，往往只会模糊上下属之间的界限，不能让下属清晰地看到你的态度和倾向。

反之，正如同案例上一样，缺乏原则和立场的表明，上级和下属的沟通将变得毫无公信力，难以发挥应有作用。

2．不因个人关系改变对事件的态度

中层管理者既然负责一个团队，就势必要对团队内部的成员有所交代。诚然，你做出的行为无须也不可能一项项向团队成员汇报，但是，这些行为如同聚光灯下的表演，每一个细节都会投射进下属的眼中。

如果你因为外来的影响力，或者以为个人之见的关系，改变对整个事件的态度。那么，你的公平公正程度，一定会受到下属或明或暗的质疑，当质疑蔓延开，威胁到你的公信力和领导力的时候，再解释恐怕效

果已经不能够尽如人意。

3. 尽力创造职场中平等和谐的氛围

为了打造良好的交流和沟通的平台，应当尽力创造内部团队的氛围。

上下属之间的氛围应该既体现尊重，又体现平等。希望下属尊重你，你必须要首先尊重下属的个性，同时，在尊重的基础上展开管理，对于下属的错误，一定要按照原则和规定处理。

总之，对待下属应该能做到，态度上理解尊重、充满人情味，行为上讲原则、毫不留面子，当两方面都能够做到时，下属自然而然会从内心叹服你的管理手段和态度，做到令行禁止，唯你马首是瞻。这样，平等和谐的工作氛围才能形成。

 修炼要点

（1）中层管理者强调原则的态度应该第一时间让下属明确。不仅通过书面的规章、口头的强调，关键时刻必须要迅速处理员工的错误，"杀一儆百"，用严厉的惩罚手段，表示自己在原则问题上毫无通融可能。以此出发，做到同下属的有效沟通。

（2）平等和谐并不是意味着凡事讲面子、靠自觉。团队中的和谐，就是各司其职，各负其责，心往一起想，力往一处使。因此，中层管理者必须要能够充分意识到目前管理的差距，从态度和行为两方面对比，找出问题所在，即时提高改正。

10.4 沟通留出余地，不走极端

沟通留出余地

- 控制自己的情绪

- 约束自己的言语表达

- 及时弥补，调整关系

中层管理者在工作过程中，不可避免地要同上下属进行沟通交流，以期展开工作中的互动，便于更好地协同配合。

为了更好地处理好同上下属的沟通，你应该把握住交流中表达内容和方式的"度"，即做到无论什么样的情况下，你的情绪和言语都要有度，有所节制。为所欲为，想什么就说什么的中层管理者即使工作中付出再多努力，给老板和下属留下的印象恐怕也只能是不成熟、没有担当、喜怒无常、无从了解的负面形象。

余地——让工作有尽量宽松的环境

陈主管放下电话，不禁也变得怒气冲冲起来。刚刚客户 M 公司在电话里发火，抱怨上次拟定的合同交给了自己团队的成员小 K，可是到现在也没有回应。急性子的陈主管不禁焦躁起来。

他把小 K 叫进来，直截了当地问："上次客户 M 公司的合同，你怎么还不交给我？"

小 K 刚想说什么，陈主管自顾自地说："你什么工作效率！客户刚才打来电话，正在催合同，你看我该怎么解释？这样下去我怎么干这个主管？不如你们来干好了。"

内向的小 K 看主管这样发火，干脆放弃了解释的想法，频频地点头。

骂了足足有五分钟，陈主管挥手让小 K 出去，他靠在椅背上想着应对之策。结果思路却变得越来越清晰：上周会议好像讨论过 M 公司，对了，合同好像让小 K 交到老板那里请他过目。难道，是我错怪了小 K？

陈主管琢磨过来，原来合同是在老板那里被压下了，跟小 K 没什么关系啊。是不是要跟他交流一下，挽回刚才的态度？转念一想，算了，既掉自己的面子，又于事无补。让小青年吃点委屈吧，想到这，陈主管心安理得地点燃一支烟抽了起来……

陈主管的情绪控制能力很差，遇到事情，他不是首先仔细分析回顾清楚，而是直接把想象中的责任人叫来批评一通了事。这样的态度不仅对工作开展毫无帮助，对工作中同下属关系的培养也只能起到阻碍和破坏的作用。

 修炼项目

1. 提高个人修养，克制不利情绪

清代重臣林则徐曾经手书"制怒"，作为有效管理自己情绪的座右铭。今天的中层管理者无论是地位还是权势都比不上古代的封疆大吏，就更应该认识到不利情绪的破坏力，随时调整自己的内心情绪。

要管理好团队，首先应该管理好自己的行为，管理好自己的行为，前提就是管理好自己的情绪。当自己受到不利情绪影响，变得接近发怒

和暴躁时，请一定在"临界点"到来之前控制好你的情绪，约束好自己的内心。

2. 说话之前要三思

无论对上级还是对下属，中层管理者说话都有着一定的分量和影响力。因此，你更应该明白说话要谨慎合理、多加思考的重要性。

盲目地指责、武断地批评，或者动不动"撂挑子"，推责任，攻击同事，随便承诺保证，等等言论，并不能给中层管理者自己带来任何的好处，只会让上级感到你的说法充满水分，无从相信你，也会让下属感到摸不透你的脾气，无从适应你的工作节奏和习惯。

3. 及时沟通，弥补言行错误

人都是感情动物，难保有说错话、做错事的时候。比如，错误的批评指责，不适当的过激言论，等等，这些情况即使是最优秀的中层管理者也很难不犯。

但是，能力的差异更多地体现在犯错之后的表现上。如果能够知错就改，及时做出行动进行弥补，以修复因自己的言行错误可能出现的人际关系漏洞，就不愧是一名负责而又成熟的中层管理者，否则，只能说这样的团队领导欠缺全盘考虑和长远眼光。

 修炼要点

（1）想要管理好自己的情绪，中层管理者应当多注意提升自己的文化素质和内涵。由于不少中层管理者往往来自基层，对技术和业务了解很多，而自身的人文素养积累较少。因此，中层管理者有必要通过学习和积累，阅读相当数量的书籍，培养自己的气质和涵养，以学会控制情绪的能力，拥有稳定而不是随时会爆发的气场。

（2）过分强调自尊心、权威感的中层管理者，不太愿意向下属承认自己说话过头，害怕引起下属的有恃无恐。而真正理性、通达的中层管理者，会找到合适的机会，暗示或者明确表达自己的歉意，以弥补言行中的不良因素，让下属从不公平的情绪中解脱出来。

10.5　印象决定同上下属的关系

管理形象，塑造自身品牌

- 第一印象很重要
- 上下属面前表现要一致
- 有效管理自己的职场形象

人都是主观的动物，不可能只用一串数字、一份履历、一个头衔来让他人接受你的工作能力，改变同你的关系。无论面对上级还是下属，你都应该注意自己个人的言行表现带给他人的印象，并通过有效管理自己给他人留下的印象，最终树立自己成功的职场形象，打造出专属自己的个人品牌。

首因效应——第一印象就是个人的品牌

公司新到了业务副总，老板通知，所有部门领导上午九点集中在会议室开会，举行一个简短的迎接仪式。

听到这个消息，庞主管不耐烦地耸耸肩，在公司工作这么多年，业务副总换了好几个。在他看来，不过都是同他一样给老板打工而已，没什么大不了。他仍然坐在办公室里同客户联系着。

九点十分，庞主管才慢悠悠地出门，发现电梯在检修，只有顺着楼梯上去。到了会议室发现所有人都到齐了，他满不在乎地跟大家点点头，坐到自己的位置上。副总的脸上流露一丝尴尬的表情，但是很快就消失了。

几周之后，一次重要的企业论坛活动在市政府举行，很多中层管理者都希望参加，借此扩大人脉。老板把拟订出席会议名单的工作交给了副总，副总拿到名单，第一个划去了庞主管的名字，嘴里还自言自语地说道："这个主管时间观念太差，不可信。"

就这样，庞主管在不知不觉中失去了一个机会。

庞主管虽然资历不浅，工作能力强，但是，由于没有注意到第一印象的作用，让副总给予了自己负面的评价，从而影响到今后更多的工作。归根结底，不注意第一印象的重要作用，是庞主管在工作中表现出的最大失误。

 修炼项目

1. 首因效应最重要

人们往往对新鲜事物或对象体现出很强的观察愿望，对于中层管理者，无论上级还是下属也同样从第一印象中判断其是怎样的人。这就是职场中的首因效应。

作为生活在众多关系中的中层管理者，应该尽力给所有人留下可信、成熟、稳重、得体、智慧的第一印象，以便于今后工作关系的巩固和发展，避免带来不利的影响。

2．表现一致不势利

对于员工们来说，他们最讨厌的管理者特征之一就是"势利"。有的中层管理者就常常自觉或者不自觉地出现这样的错误。

同样一句话，从员工嘴里说出来，中层管理者只是从鼻子里哼一声表示明白，而从老板嘴里说出来，中层管理者则表现得诚惶诚恐心悦诚服。这样的表现差异过大，难免会让员工们对这样的领导的人品发生质疑，认为他根本不把下属放在眼里，只有领导才能引起他的重视。

3．有效管理自己的职场形象

职场形象需要管理，而不是放任自流，让其随便发展。

良好的形象树立的过程，必定来自时时刻刻地积累和保持。应该把自身的形象当成工作的重要资源和财富，学会爱惜"羽毛"，而不是随意挥霍他人对自己的信任和评价。通过时刻保持自己行为的检点，调整自己的态度，从而做到保持形象的完好。

 修炼要点

（1）无论是同上级还是下属见面，都应该流露出真诚而善意的笑容。笑容可以拉近人们之间的距离，软化陌生人之间的尴尬气氛；在语言上，要注意谦逊得体，既要表现自己的能力，也不能过于高调；在动作上注意分寸和礼貌，体现出自己作为领导的修养和内涵。

（2）管理职场形象应该注意细节，需要明确的是，职场形象不仅仅在办公室内存在。同下属一起出差、和客户酒桌上的交流，乃至于团队共同的学习、娱乐，都是你的职场舞台。可以这么说，有同事的地方，就是你职场形象应该保持的地方。如果因为环境变化，而给自己错误的暗示，忽视保持良好习惯，则会造成你意想不到的损失。

第11章

修炼 8·创新力：
成为组织变革的领头羊

缺乏创新意识，

将会降低企业的竞争力，

组织的变革，团队的更新，应该来自中层管理者的努力，

用创新意识打造更新更好的工作态度和习惯吧！

11.1 优秀中层必须具备创新意识

创新意识影响中层管理者的发展

- 相信自己可以与众不同
- 工作中要有自我主导的意识
- 善于用创新的细节改变过程

想要成为优秀的中层管理者，就不能仅仅只会重复前人，而要更多地学会做自己。

反之，如果你不能结合自己的个性，根据现实情况，设想出更好的工作方法，从而推进过去工作方法的不断革新，那么，你将注定倒在追寻成功的道路上。

拥有充分的创新意识，能够更好地帮助你成为优秀的中层管理者。通过积极发挥自我信心和勇气，培养自我主导工作的意识，你将改变工作进行的固有方式，提高其不同层面的质量细节，从而提高工作效率，获得更为优秀的结果。

创新意识的发挥，既要有坚定的信念，相信自己可以带来更好的方法，同时，又要有细致的观察力，能够见微知著，从小处做起。总之，创新精神是无处不在的，只要有心，中层管理者一定可以将创新融入自己的工作之中。

意识到位——创新的前提条件

某乐器销售公司在 A 城的门店总是亏损，一年卖不出去几台钢琴，即使以前的店长采取了降价、发传单、同学校联手举行活动的方式也不见效。公司决定，派胆大心细同时经验丰富的缪华去那里担任店长。

缪华来到 A 城正值暑期，本来应该是乐器销售的高峰期，可是，他发现这里的顾客还是看的多买的少，大多数家长表示，并不是因为购买力，而是觉得偌大的钢琴之类乐器，放在家一旦孩子学不好，反而成了麻烦。

结合 A 城消费心态的现实，缪华决定，改变销售途径。

首先，他宣布所有乐器在交付担保金以后可以出租，出租时间最低一年，这样，即使没有什么学习成果，也只需要付出乐器的租金。

其次，他宣布对于购买力暂时不够的消费者，还可以按照分期付款的方式。

另外，到本店来购买乐器，还可以享受学费打折的优惠。

缪华的创新意识得到了回报，不少家长抱着试试看的心态租走了乐器，租金加起来都等于以前一个月的销售额。很多刚毕业的学生也采用分期付款的方式拿到了梦寐以求的吉他。整个店内的人气顿时兴旺起来，缪华的工作再一次受到了领导的肯定。

缪华之所以能够成功，在于他"不走寻常路"，拒绝按照原来的工作方式进行工作，并将他的创新意识充分发挥。如果你也能具备这样的创新意识，那么，很多看起来难以解决的问题，也同样会有迎刃而解的可能性。

修炼项目

1. 拥有创新自信，相信自己能够带来改变

先具备创新成功的自信，才能具备真正的创新意识。

自信是做好任何事的前提，从游戏到工作，从求学到职场，没有自信的人只能一次次面对失败，而拥有自信的人才可能获得成功。

不少中层管理者面对的是历经数年甚至十几年的工作岗位，虽然前任的工作方法并没有形成规章制度，却无形中会影响着后来的继任者。那么，你是否敢于发现其中的不合理之处，并加以修正呢？这就需要强烈的自信带来创新的勇气。畏首畏尾，只能是墨守成规，循规蹈矩，虽然可能避免了失败，但永远获得不了内心想要的成功。

2. 适当自我主导，用个性引领团队

团队在你的带领之下，自然应该有你的印记。作为中层管理者，你不能期待手下的员工来发现你的特点，而是应该主动彰显自己的个性，用个人对工作的认识来带动团队，从而让团队获得新鲜的行动规则，创造出团队新的工作气氛。

通过积极融入和全面引导，团队最终会形成一定的个性，这种个性不仅不会破坏工作进程，反而可能使得工作气氛更为融洽，工作能力更加突出。

3. 注重细节，用细节变化改变过程

创新意识应该体现在细节上。细节决定局部，局部影响整体。当你发现一个个可以改变整体的细节并加以主动革新时，工作的整体进程也就在无形中出现良性的变化，并朝着你期望的方向发生更改。如果对值

得改变的细节视若无睹，听之任之，那么，即使有再多的空间，也无从提高你和下属的潜力。

 修炼要点

（1）用个性引导团队，应该表现在大胆表达自我的基础上。不少中层管理者不太爱和手下交流，更不愿多谈自己对工作的想法，其实，这恰恰会给工作带来阻碍。试想，当你产生了创新意识和愿望时，如果不通过主动表达和讨论，怎样能让下属明白你的想法和原因？怎样让他们在过程中充分按照你的要求行动？

（2）细节体现在工作的各个方面。一项制度是否合理、一个步骤是否科学，都值得你仔细分析，系统体会。当你越来越注意细节的时候，相信你的创新意识也同时达到了充分的加强，从而具备更强大更全面的创新能力。

11.2 有观察才有思考

观察对于创新的意义

- 观察的作用：按背景设计目标

- 有观察，就有比较和借鉴

- 通过观察，积极调整创新方法

思考在中层管理的工作中必不可少，缺乏了思考，很可能连正常的工作步骤都无法保证履行，基本的工作任务都无法完成，更谈不上巧妙地通过创新来实现目标。同样，为了拥有理性的思考过程，就得全面地了解实际情况，根据现实的不同，分析出任务背后各自的特点，总结出有效方法。强调观察的意义，也正在于此。

观察并不是看，并不是了解，更不是敷衍了事的"知道了"。观察是带着目的去考察环境，理解背景，是结合自身的特点对任务的全盘分析，是对资源的再分配和再创造。创新无法离开思考，思考无法离开观察，而创新最后又能让你用更好的角度来观察，形成这样有效的良性循环，对你的工作将会大有裨益。

全面的观察——创新的保证

最近，公司召开了各部门参加的中层干部会议，会上老总顺便提到了控制工作成本的必要性。大多数中层管理者听完了并没有什么反应，有的人散会后还悄悄说，老板真是越来越吝啬了，一点办公经费能花几个钱啊。

人事部的袁主任却因此留了个心眼，他散会后特意去办公室看了看员工们的状态，果然，小 F 出去拜访客户了，电脑却开着；小 Y 的办公桌上堆着一堆 A4 纸，只打了一面，他正把每张纸送进文件粉碎机；小 G 正同办公电话那端的什么人说笑着，看见袁主任来，立即放低了声音……

袁主任看在眼里，记在心里。他回到自己的办公桌前，打开电脑，开始草拟一份本部门员工厉行节约的规章制度。

第二天，人事部率先出台了节约制度，从电器到耗材再到电话费、交通费，都有明确的节约使用方法和责任追究办法。老板得知这份制度以后，立即找来袁主任，要求他协助制定适用于整个公司的制度……

袁主任通过对员工工作状态的仔细观察，得到了与众不同的见解，获取了更贴合实际的工作出发点，因此受到了老板的青睐。试想，假如他对事实依旧不理不睬，毫无反应，又怎能在工作中积极创新，率先制定出老板最想要的规章制度呢？

 修炼项目

1. 了解背景，离不开观察角度的改变

中层管理者想要了解工作的背景，只会从自身的角度来观察事实是远远不够的。

其实，事实往往比想象的复杂，具有多个层面、多种背景，并不是通过浅尝辄止的了解，就能够发现其内在的特点，更不是浮光掠影、走马观花的所谓"调查"下，就能得出其真实的原因。

所以，你必须学会从不同的角度来看待同一种情况、同一个问题，无论是老板的角度，还是员工的角度，抑或客户的角度，角度越多，你获得的真相就越全面。

2. 把对手和伙伴放在观察的范围内

观察的力度应该深入，观察的范围则越大越好。任何人都可以是你学习的对象，是你借鉴的来源。

无论商业对手还是生意伙伴，当你从对他们的接触中开始对他们有效地观察时，你最终总会发现他们所具有的不同特点，并积极学习，将对方的长处为我所学。通过不断地吸收创新，形成自己更加全面的工作风格。

3．观察自己，才能自我改变得更好

观察外部世界的同时，中层管理者的工作离不开对自己的观察——自省。

自省是东方民族悠久的传统文化，更应该是现代企业的中层管理者有力的自我管理和引导的工作方式。通过对自己情绪的观察，你可以及时找到工作上的弱点，通过对自己方法的观察，你可以获得改变的结果和目标，通过对创新效果的观察，你可以得出更恰当更有效的工作方法。

 修炼要点

（1）更换观察角度并不是轻而易举的事情，由于长期扮演工作中的固定角色，很可能导致中层管理者既不能充分理解下属，也不能充分理解上级，更无法站到同事的角度来看待问题。因此，加强对他们的了解，达到及时变更心理状态，积极换位思考的效果，从而能有效地改变观察角度。

（2）全面客观地自我观察，需要中层管理者跳出自己短期利益的局限，同时积极调整自己的心态。不要为已有的职位、声名、经历所累，而能平静地看待自己当下的状态，找到目前方法和态度上的弱点，寻求更好的创新目标、只有跳出自我来反思观察，你才能获得更加宝贵的经验和动力。

11.3　创新也要符合现实规律

把握规律，护航创新

- 了解行业规律才能更好创新
- 对现实有全面清醒的认识
- 创新行为要有试验步骤

工作离不开具体的环境，正如同参天的大树离不开植根的土壤，否则必将枯萎。

创新离不开现实的规律，正如同理想来自具体的努力，否则必将破灭。

因此，在强调创新的同时，我们也应该学会尊重具体的现实，遵照特定的规律，发现计划的不足，调整创新的步骤，将目标定得更具体、更有效，把创新行为变得更稳定、更安全。

忽视了现实，创新的目标将成为空中楼阁，即使看上去美丽万分，也终究无法企及。违背了规律，创新的步骤将失去具体的保障，最终往往会因为各种意料不到的因素导致失败。

现实——给创新计划系好安全带

某化妆品门店更换了店长，新到的店长艾丽做事雷厉风行，常常能够有自己独到的眼光并以此行事，然而，有时候也难免会出现脱离现实的情况。

她在店里经过一段时间的观察，发现业绩同其他地区的门店比起来虽说不低，却也谈不上名列前茅。

为了将业绩迅速提高，艾丽设计了一个自己觉得很不错的管理计划。她打算让每名员工分担具体的销售业绩指标，将责任分配到每个人身上，激发她们的潜力。

然而，计划公布以后，营业员们面面相觑。她们大多数年纪轻轻，有的刚刚走出校门，才来到这个城市不久，并没有足够的人际关系可以运用。同时，该店地处区域并不算繁华，客流量有限，想要短时期内提高业绩量并不现实。

然而，艾丽并不接受营业员的看法，在她看来，这只是单纯的推脱借口而已。于是，新的工作管理模式还是开始推行了。

这套方法推广之后，营业员们背负了相当大的压力，接二连三地开始有人辞职，新招聘的营业员更没有经验。即使具备经验的营业员，也因为客流量小没有用武之地，拿不到计划中的高额提成而走人。结果，比起原来的业绩，新的方法管理下，业绩反而下降了。

艾丽的工作态度无可厚非，创新意识也绝对到位，然而，为什么她的管理方法最终还是失败了呢？究其原因，在于并没有真正按照实际来设定工作步骤，看起来是创新，其实是脱离实际的盲目试探和冒险。

 修炼项目

1. 清醒认识现实，不要盲目冲动

创新之前，你应该对现实有清醒的把握和分析。尤其是刚刚进入新的工作岗位，适应新的环境之前，不要过于冲动地打算实行创新的步骤。只有随着工作的逐渐深入，发现可供创新的具体细节，才能开始加快工作的脚步，改变具体的规章制度。

中层管理者有高涨的工作热情是好的，然而，正如同案例中的艾丽一样，如果不能控制好自己的工作热情，冲动地以为只要改变了过去的制度，就能换来想要的结果，那么，这反而成为一种幼稚的表现，难以做到真正立足实际的创新。

2. 创新之前，了解规律

对于整个行业、环境规律的掌握，是创新得以成功的重要条件。

你应该学会观察他人的成功，并从中找到可以适用的规律；同时，分析自己以前创新的过程，从中吸取必要的经验教训，寻找正确的道路。每次创新都是具有风险的，应该建立在成熟的底蕴和经验的积累上，这样的创新才能够提高成功率，获得足够条件的支持。

3. 分步骤试点，推进创新计划

创新并不意味着全盘改动，对于很多创新计划来说，逐步地推广试点，是一种充分的必要。

通过试点，你可以发现计划中的不足，并根据具体的原因修改计划。同时，小范围的试点又能避免创新带来的冲击力，给员工一个接受的过程，心理的缓冲。即使创新万一失败，也能够有回旋的余地，比起毫无后路的大面积铺开的创新，看起来显得胆小谨慎，但实际上却提高了成功的概率，获得了更好的可能性。

 修炼要点

（1）现实和规律不仅需要自己亲身调查研究，从事例中获得感受，也需要积极向上级、同事和前辈请教，通过询问他们对于创新计划的看法，不断加强自己对于行业现状和内在规律的认知，强化对它们的把握能力，从而更准确地看见自身处境。

（2）小范围内的创新试点不需要过多的宣扬，可以选取一些不太为大家所注意的岗位和人员进行试点，或者挑选那些工作稳重踏实令人放心的员工，以及关系较好、相互沟通顺畅的客户进行试点。这样，即使失败也不会造成太大的影响，一旦成功，则能够立即变成可以学习吸收的经验进行推广。

11.4　目标管理的创新思维

换一种方法看目标

- 目标要认准，但不要僵化
- 通向目标的道路有很多
- 向下属表述目标的技巧

创新工作方法，最终目的是为了实现更好的工作成果。创新并不是为了创新，而是将创新看做一种必要的手段，去除旧现有方法中不适合现实状况的部分，改为更符合实际更为有效的方法。

因此，中层管理者在创新的过程中，应该时刻紧盯目标，根据目标的不同，改变创新的步骤。同时，在紧盯目标的同时不要僵化自己的思维，要认识到通向目标有不同的方法，寻找出其中最简便最有效的方法。

在对下属的管理过程中，你也需要通过对分配和表述目标的方法上的革新，从而达到让他们顺利接受目标，并为之积极努力工作的状态。

目标管理——创新过程应该关注的重点

唐主管是某酒类销售团队的领导，最近，上级的指示传达到他这里，要求本季度能够大幅提升本品牌酒类中某种产品在当地餐饮企业中的销售量。

接到目标以后，唐主管进行了仔细地调查和研究。他发现，手下的业务代表常常喜欢去那些集中在市中心的大型酒楼、宾馆、饭店，而忽视对其他中小型餐饮消费场所的有效工作，导致该种品牌产品销量持续平平。

主意已定，唐主管召集业务员们进行了一次会议。会上，他强调了扩大经营区域的重要性，并且要求，每名业务员能在本季度内打入十家以上的餐饮企业，这些企业的大小并不重要，重要的是必须是新开的，其他酒类产品涉足不深的。唐主管说，这是为了提高他们的业绩量，因为每个人手上都有新的经销商，就会有更多稳定的分成。

由于这个城市的消费力很旺盛，业务员们受到利益的驱动更加积极。因此，这个目标很容易为大家接受了，会后，每个业务员都开始行动起来，不断地向新的"领地"扩展业务。

一个季度很快过去了，唐主管顺利地完成了上级制定的任务。

对于上级安排的目标，唐主管并没有机械地进行"复制"，而是换成更符合实际、更加为下属所接受的说法，从而避免了可能出现的误解，有效推动了目标完成的进程。

 修炼项目

1. 目标要看准，思维要灵活

目标是固定的，不过，并不代表是僵硬的。如果只能从字面上理解目标，无疑会像"按图索骥"中依据纸面理论去刻板寻求目标的相马师一样，最终把蛤蟆当成良驹。

通过对目标的深层次理解，结合中层管理者面对的现实，能够更加全面清晰地读懂上级意图，寻找工作方法。你需要记住，上级的口头指令抑或书面文件，只是目标的表述载体而已，真正的目标如何确定，如何取得，还要由身处工作前沿的中层管理者自己取得。

2."条条大路通罗马"

通向目标的方法有不同的路径，并不是只有一条固定的道路。只要目标确定，无论从哪个侧面接近并取得成功，最终都属于团队的胜利。所以，中层管理者不必过于在意究竟采用什么方法，而应该把注意力放在采用方法所获得的结果上，从而充分确定自己的方法能够引起充分的效果，获得完整的工作结果。

3. 更好的办法，让员工接受目标

将目标分解成为员工所能接受的更小目标，需要一定的工作技巧和表达方式。只有采用相对创新的方法，才能通过恰当的表述，让员工感受到切身的利益，更加主动地接受分配给自己的工作目标。

让员工接受工作目标的过程，离不开合适的分配和表达过程，同样的工作目标，在不同的分配和表达方式中，可能带来完全不同的效果。通过创新意识的加强，相信即使是平凡枯燥的目标，中层管理者也一样能将之分解成为被员工顺利接受的目标。

 修炼要点

（1）每一次布置的工作目标，总有其与众不同的独特之处。而尽可

能地发现这些独特之处，就可能为有效创新带来新的工作方法，提供便利的条件。与之相反的态度是，无所谓这些工作目标，只会僵硬地把它们看做上级的简单任务，而从单方面去看待，结果最终只能陷入无法解决的泥潭中。

（2）布置给员工的目标要充满新意，尽量适合他们个人的发展前景、兴趣爱好和利益诉求。比如，大多数员工希望目标的完成能给自己带来更多的物质利益，那么，作为分解目标的责任承担者，你就需要第一时间答应他们完成最快的员工将给予重要的奖励。这样，员工始终处在与以前不同的工作追求中，也就很容易因此而爆发出自己的潜能。

·11.5 激励员工技法的创新

怎样用更好的方法激励下属

- 单一的激励方法不起作用
- 按照下属特点去设计方法
- 采取新颖的形式

员工的工作动力，需要中层管理者不断激励。

在工作目标的指导下，员工虽然能够明确自己工作的方向，但这并不代表他们就一定能在其过程中始终保持高涨的工作热情和效率。因此，中层管理者需要经常关注员工的士气，并根据员工的特点设计出有效的激励方法。

　　如果仅仅采用单一的激励方法，那么，势必会造成效果越来越弱、员工越来越难以受到影响的局面。这是因为随着激励方法的持续重复，员工的心理阈值越来越高，导致反映在行动力上的效果就越来越不明显。因此，激励方法应该形成一个独特有效的创新机制，不断地推陈出新，采取新颖的形式，给出不同的激励特点，从而始终保证员工的高昂斗志。

更多的动力——创新团队激励方法

　　最近，肖扬主管发现手下的员工工作效率不高。由于前一段时间的辛苦工作，刚刚到年中，全年的任务已经接近完成，所以，员工们中间产生了一种"休息"的状态，更有人说，反正市场也达到饱和，再努力做业绩也不容易提高多少，还不如工作压力小一点。

　　肖扬主管认真分析了这样的现实，感到需要用不同的激励手段来鼓舞员工的干劲。

　　当天，他就找到几名经验最丰富、担任骨干力量的员工，同他们讨论了工作目标的重新制定，即在预定的目标上再定出了超额完成的目标。讨论过程中，肖扬着力强调了超额完成的目标会给大家带来更多的收入，拿到更多的提成。对成功结果的勾勒刺激了这几名员工，他们开始摩拳擦掌起来，想要拿到公司最高的提成份额。

　　第二天，肖扬让下属在办公区设置了一块公告牌，上面列出了每名员工的姓名，后面标注着完成业绩的具体数额。他宣布，从今天开始，每隔一周就对公告牌进行刷新，动态表现员工的工作成绩。对于连续几周在排名榜上位居前三位的员工，将在部门内给予实质奖励，同时上报高层。

　　员工们被这样直观的激励形式吸引了，他们开始留意公告牌，悄悄地关注起排名在自己前面的同事，并暗自定下超越的目标。

年终，肖扬的团队大大超额完成任务，受到公司领导的赞誉。

面对下属开始懈怠的工作表现，肖扬并不是通过指责批评来负面影响，而是通过强调收入和公开竞争的方式，刺激员工不断向前。新的激励方式，带来了新的收获，最终员工们没有辜负他的努力和期望，充分发挥出了团队的潜力。

 修炼项目

1．增加激励方法的种类

激励方法如果过于单一，比如，仅仅靠奖金激励，或者仅仅给予荣誉，都无法满足员工的更多层次需求，从而大大削弱激励的效果。

因此，应该从实际出发，找到更多的激励形式，采取立体而全面的激励方法，形成有效的系统，从物质、心理、情感等各方面对员工予以鼓动，相互配合，从而充分发挥激励的效果。

2．不同的下属，适合不同的激励

对于不同的下属，应该采取不同的激励方式。

每个人对于生命中看重的东西不同，有的下属看重未来发展的前景，你可以用提拔职务、予以培养的未来激励他，有的下属看重工作学习的经验，你可以用传授知识、积累经验的过程激励他，有的下属看重工作的收入，你可以用高额奖金、丰厚回报的现实激励他。总之，每个人都有各自的"软肋"，找到这样的软肋，就能准确设计出激励的过程。

3．形式多样，感觉更新鲜

激励形式可以多样而有趣，尽量让员工感觉更加新鲜。过于刻板的激励形式，如会议、谈话，等等，日复一日地重复，会让员工感觉越来越枯燥乏味，提不起兴趣，无法集中自己的注意力，因此而削弱激励的效果。采取更新的激励形式，能够在吸引下属的眼球基础上，强化激励对心理刺激的过程，从而发挥其重要的作用。

 修炼要点

（1）为了给予不同下属以不同激励，你可以积极了解下属的特点，通过对下属工作目的进行有效的分类，从而形成几组不同的人群，并针对这些下属群体进行有效的激励。当工作目的相近的人在一起受到同样激励的时候，内部自然会因为共同的激励而产生竞争与合作，从而进一步有效地放大激励效应。

（2）对激励形式的设计始终要跟上员工的年龄、心理、教育背景、社会阅历等特点。比如，对于熟悉网络的员工，你可以利用公司内部的论坛、邮件等形式进行激励，对于年轻爱表现的员工，你可以利用对外活动、重大场合等形式进行激励等。不同的员工采用不同具体的激励形式相互对应，激励效果自然会明显提高。

第 12 章

修炼 9·提升力：
不主动"充电"地位不稳

成为中层管理者，是企业对你过去付出的肯定，

同时也意味着肩负更多的责任，做出更多的贡献，

为了在这个岗位上更好地履行职责，

你必须学会不断进取、不断学习、不断充电。

12.1 优秀的中层不会停下脚步

态度决定中层未来

- 时刻警惕骄傲和自满

- 胸怀大志，而不是得过且过

- 主动发现不足，克服缺点

优秀中层管理者积极的表现，不仅意味着能够运用与众不同的工作能力，解决困难问题，同时也代表他可以通过积极的学习，发现自身不足，填补自己知识的不足、视野的盲区，提升能力结构，优化自己的综合评价。

因此，看待自身的态度，实际上决定着中层管理者的未来。盲目自大，躺在过去的成功上，这样的中层管理者势必停滞不前，无法对自己提出更高更好的要求，也改变不了自己身上的任何缺点。只有不断憧憬未来，为自己设计成功路线图的中层管理者，才能够通过事实行动，积极启发自我进行调整和努力，永远走在向上提升的征途上。

骄傲病——扼杀中层管理者未来的毒药

"终于实现自己连续三年成为公司销售额最高主管的理想了。"今年的年会结束以后，潘主管这样想着。这些年来，潘主管一直在自己的领域努力工作，终于取得了相当骄人的成绩，他也因此高兴不已，言行中都透露着喜悦。

从此以后，潘主管像换了一个人，对工作不再严谨，经常按照自己的想法下发命令，随意改变工作进度；对于下属的意见，他也不太重视，经常对一线员工的看法置若罔闻；甚至领导的观点、布置的任务，他也认为是可有可无，一切由自己做主。

结果，潘主管的手下暗自对他不满，纷纷申请调到其他团队，领导就此对他产生看法，认为他居功自傲，不再适合搞销售。没过多久，公司的高层找到空缺，把潘主管调到了行政部担任闲职，让他好好"冷静"一下。

潘主管本来是公司里的骨干员工，却遭遇到这样的挫折，原因究竟因何而起呢？

其实，潘主管的失败恰恰在于他自身对自己的定位错误。中层管理者即使能力再优秀、业绩再突出，也只是在本职岗位上做出的应有贡献，并不是什么丰功伟绩，更不可能让你躺在上面"享受"一辈子。公司聘请你，并不是作为展示荣誉的"标本"，而是需要你能够不断进步，不断提升，成为为公司带来最大化利润的员工。莫名其妙的骄傲，并没有任何的必要，更不可能为你带来更多的尊重和利益。

 修炼项目

1. 看淡——过往成绩，只表示曾经的努力

中层管理者常常因为过去的成绩而获得充足的自信，然而，你是否意识到，过分的自信会遮挡住你观察事物的角度，影响你的理性判断。

避免过分自信，应该追根溯源，从其根本原因寻找解决办法。通过看淡自己曾经取得的成绩，甚至某种程度上的忘记，从而获得今后不断

前进的动力。事实上，世界上很多领域的成功人士都不约而同地具有这样的良好品性，才获得了更多的伟大成就。

2．树立——远大的目标，努力带来回报

将长期的目标定得更高远，看上去更接触不到，才会让你始终处于"饥饿"的状态，不会缺少向前奔跑的动力。

如果只能把理想放在吃吃喝喝、买车买房、职位提升等似乎现实而可行的目标中，没有更多的"奢望"，那么，即使你能够有充分的动力达到这样的状态，也没有办法保证依旧保持积极的工作态度和热情，能够继续找到正确的工作态度和积极的人生坐标。

3．激励——经常同自我对话，用心理暗示影响自身

中层管理者应该学会自我管理，自我激励。设计未来，并努力用工作实现，暗示自己，并影响行为。

通过时常同自己在内心进行关于工作状态、工作目标、工作热情的对话，不断点燃前进的动力。当自己感到状态懈怠、情绪低落的时候，你应该能够站到客观观察者的角度说服自己，积极行动起来，摆脱现有的低迷状态，从不利于工作的环境中及时摆脱，走向正常的发展通道。

 修炼要点

（1）无论面对怎样的成就和荣誉，中层管理者应该多向上看，多向前看。向前看，意味着关心自己一年后、几年后甚至十几年后的状态，而不仅仅关心现在的状态；向上看，意味着时刻关注工作能力比自己强的人，经验比自己丰富的人，成就比自己大的人。

（2）自我激励应该随时随地进行，有各种各样的方法可以帮助你实

现有效的自我激励，比如，用名人的座右铭自我激励，用励志读物自我激励，用他人成功的现实自我激励，用更好的生活方式和工作层次自我激励。自我激励不是什么空洞的口号，而应该是活生生的现实。

12.2 "空杯心态"才能不断进步

心态影响学习过程

- 忘记曾经的辉煌
- 及时清空被淘汰的经验
- 端正心态，随时请教

众所周知，只有白纸上才能创造出成就最高的画卷，只有空杯中才能注入芳香的美酒。同样，只有拥有能够低调做人、适当否定自我的境界，才能够获得知识的不断充实、能力的不断提高，从而成为优秀的中层。

"空杯心态"需要中层管理者不断地否定自我，强调自身不足，看到时代的发展和环境的变化，从而及时调整自己，充实自己。

做到"空杯心态"，就一定要了解成长的规律性，从不断总结的经验教训中否定自己的过去，积极迎接成功的未来。如果眼光永远只能看到成功的一面，那么势必会导致你的"杯子"永远难以清空，永远做不到推陈出新，不断进步。

空杯才能装满——建立正确的心态

林经理早年学过计算机编程，做过一些软件，后来他离开了这个专业，成为部门的行政主管。最近，老板打算重新引进一套办公软件，用于建立销售系统和仓储系统之间的关联。考虑到林经理曾经有这样的专业背景，老板让他来负责这次采购。

今天，林经理安排一家 IT 公司的销售员来洽谈，他想，自己既然学过计算机，现在又当领导了，千万不能丢分。于是，他决定要好好地"刁难"一下对方。

双方寒暄已毕，对方刚开始介绍软件背景，林经理就摆摆手说："年轻人，我也是计算机专业的。当年我做软件的时候，你们还在上学呢。背景不用介绍了，直接说重点吧。"

对方互相看看，流露出一丝尴尬，于是直接介绍起了软件的核心内容。林经理开始还勉强跟得上，到后面越听越糊涂起来。最终，他也没搞清楚软件究竟是怎样发挥作用的，没办法，他只好让对方先回去等结果。一次洽谈，变成了销售业务员唱独角戏，而林经理则任何作用也没发挥。

林经理自以为精通专业，资格远远老于对方，然而，IT 技术发展的速度远远超过他的想象，因此，碰到这样的情况，林经理并不冤枉。事实上，除了 IT 技术之外，其他领域的信息更新也是很快的，如果不能端正自己的心态，也许你会碰到比林经理更尴尬的场景。

 修炼项目

1. "杯子"的空间是有限的

如果总是让内心充满各种相互冲突的情绪，如对工作的重视和对个人利益的重视，对失败的恐惧和对成功的向往，对荣誉的追求和对物质的渴望，等等，那么，你的内心究竟还有多少注意力留在发挥能力、完成工作的本身上呢？

每个人的内心世界并不是无限容量的，过于关注或固执于某些事物，那么势必会失去关注其他事物的可能。因此，你应当经常留意自己内心为工作留下的空间究竟有多大，并不断排除杂质，清空杯子，让其中同工作无关的情绪尽快消失，从而为后面的工作奠定良好的基础。

2. "杯子"里别装"过期饮料"

信息爆炸的时代中，每个人的知识结构都需要不断加以更新，以跟进迅猛发展的环境变化。片面固执己见，觉得自己能力优秀、知识充分的人，必将因为拒绝改变而被时代所抛弃，接受一次又一次的失败。

想要避免这样的失败，你只有清醒地认识到自身知识结构和思维方式中落后的一面，及时倒空自己的杯子，才能更好地不断适应问题的改变和环境的发展，成为职场中永远不会被淘汰的中流砥柱。

3. 让别人帮助你充实"杯子"

杯子不可能被自身盛满，同样的道理，拒绝他人的启发和帮助，想要单纯依靠自己的努力积累经验，扩大眼界，更新知识结构的中层管理者，只会越来越跟不上时代的发展。

想要充实自己的"杯子"，应当将目光投在对知识来源的发掘中，凡是自己不熟悉不了解的工作要点，都可以随时随地地向他人请教，以求得自身工作技能的提高和经验的丰富。碍于面子、墨守成规、不愿承认自己的盲区，最终受到阻碍的还是你自身的工作。

修炼要点

（1）杯子要及时腾空，这意味着中层管理者在工作热情高涨的同时也要保持心理的平衡。只有安静的心态，才能找准工作发展的方向，只有单纯的目的，才能做到力量的集中。三心二意，正如同被杂物填满的杯子，无法再接受对真正目标的追逐和容纳。

（2）自信是必需的，但是，自信并不代表着否定他人给予你的帮助。无论任何人，身处一个团队中，势必会和其他人发生各种各样的联系，并从中得到别人的启迪和帮助。因此，不要认为向你的客户、你的下属、你的平级请教问题有什么丢人，真正的丢人是自以为是而又不肯发问，明明落后却又难以追赶的工作状态。

12.3　及时反省，及时行动

反省加行动才能提高

- 用第三方的角度观察团队
- 反思工作程序，检查工作步骤
- 知错即改，善莫大焉

人非圣贤孰能无过，即使你作为中层管理者的工作再优秀出色，也总有提高的空间，更不用说会偶尔犯下错误，影响最终的结果。鉴于此，在自我修炼成长的过程中，积极地自我反省，犹如一副良药，时刻帮助中层管理者改变工作状态，提高工作效率，获得更优秀的工作结果。

及时反省，需要正确的态度，过于主观地认为自己一切都没有做错，将所有的错误归结到外部，无疑是中层管理者文过饰非的表现。更不用说知错不改，或者耽于习惯，懒得去改，这样的表现更是让中层管理者无从反省，更无从用行动来表示。

反思是提升的起点，行动是进步的过程

公关部的接待主任薛霞从基层的文员开始，一步步走到今天的位置。在她看来，自己成熟的办事经验已经足够应付大部分场面了。

某次，老板告诉薛主任，中东的重要客户要过来参观公司，让她提前安排好住宿和用餐的酒店。薛霞想，这还不简单，于是通知经常合作的业务单位精心安排好。没想到还是出了问题：合作的酒店在欢迎晚宴上摆上了"精心准备"的白酒、红酒和啤酒。结果，因宗教信仰禁止喝酒的客户非常不高兴，脸色阴沉地早早结束了用餐。

事后，老板语重心长地对薛霞说，这次我就不怪你了，下次请你千万做好准备。

通过这次的错误，薛主任清醒过来，她发现，自己过于偏重能力，忽视了知识积累才犯下这样的错误。于是，下班以后她不再总是逛街或者娱乐，而是经常上网，参加各种论坛，了解全面的商务接待知识，并且自己购买了相关书籍自学。半年以后，薛主任成了行业内最优秀的公关主管之一。

薛主任虽然犯了错误，但是她并没有在错误结束后就放弃学习，相反，她充分地反思了原因，并用事实行动带来了改变。可见，"知错能改，善莫大焉"，一个能够不断反思自我充实自我的中层管理者，一定会变得越来越优秀。

修炼项目

1. 跳出圈子，观察本我

你所处的圈子，往往是阻止你及时观察本我的重要因素。当一个人身处特定环境时间较长的时候，身边不同的声音会越来越少，相同的评价却越来越多，随着圈子的固定化，你对自己的认知也将越来越局限于周围人所提供的看法上。不少中层管理者在刚刚踏入工作岗位的时候谦虚而低调，而长期担任某项职务以后却越来越刚愎自用、自命不凡，其背后最大原因也往往莫过于此。

所以，不要为周围的圈子提供的片面看法所误导，能够跳出自己所处的小环境，从更大环境观察本我，才是中层管理者应该具备的客观态度。

2. 自信地工作，怀疑地检查

工作态度应该自信，但是，时时刻刻都在自信，甚至在具体的工作进程中还是在盲目自信，往往会破坏你的反思过程，导致你无法找到自己工作中的任何失误之处。

你应该认识到，在检查工作的过程中，应该暂时忽略"自信心"，用挑毛病、找错误的态度来看待自己完成的工作，从而保证不放过任何一个细节，任何一处瑕疵。盲目相信自己是最棒的，并不利于你的工作结果，有时候甚至会产生适得其反的效果。

3. 不行动，错误永远会存在

在反省自己的错误之后，最恰当的行动方式是及时加以改正，体现出自己积极的行动。

如果只会发现错误，不能加快改正错误，那么，即使你拥有再敏锐的发现力也无济于事，徒然面对自己工作中依旧存在的纰漏，承担因此而失败的风险。更可能由此而变得渐渐麻木，最终不再关心自己的缺点，不再寻找改变工作成果的方法和途径。

正因为有着这样的可能，作为中层管理者，你一定要积极地行动起来，从发现问题的第一分钟开始就投入到改变现状的过程中去。

修炼要点

（1）工作的圈子是固定的，而且有可能短期并没有扩大的可能。但是，作为中层管理者的你，理应眼光长远，内心宽广，能够学会用更高的标准看待自己，用更大的范围来衡量自己。这样，即使你自身仍旧在狭小的工作圈子里努力，听到的都是对自己的称赞或者钦佩，但依旧能够保持清晰的思路、清醒的头脑，拥有一颗平常心。

（2）行动一定要有效率。在发现错误之后，应该迅速制定工作计划，根据现实情况，安排出改正错误的时间表。一旦确定，就应当立即执行，毫不放松。三天打鱼两天晒网的所谓行动，无法形成长期的效力，往往在有所改变的同时，又因为放弃而导致前功尽弃，满盘皆输。

12.4　超越胜负荣辱才能更优秀

将自己看得轻，才能飞得更高

- 看淡胜负，工作并不完全是竞争
- 放下荣辱，追求结果并非为彰显自己
- 减轻压力，帮助你追求更多

　　工作的过程永远存在胜负，工作的结果永远关系到荣辱。然而，是否中层的心理感受一定要跟随这些客观的外在而反复波动呢？过分的波动是否会影响中层管理者的自我提高呢？

　　其实，有一句话值得每一位中层管理者深深体会"将自己看得更轻，你才能飞得更高"。不少中层管理者不仅要面对工作中层出不穷的矛盾、千丝万缕的利益，搜集宝贵的工作资源、营造不同的工作氛围，还要关心工作结果是否符合目标，能否获得长远的利益，在此基础上，如果中层管理者还要将不多的注意力和精力过分集中在自身的胜负、荣辱上，势必会导致工作关注重心的偏离。

　　中层管理者应该明白，只有充分发挥潜力，才能获得所谓的胜利和荣誉，而发挥潜力的前提，就是"专心致志于其事"。过多的心理压力，过强的干扰，会导致你不知道究竟关注什么，失去自己的目标，陷入进退维谷的尴尬境地。因此，对于中层管理者来说，做事还是要"单纯"一点更好。

洒脱，也是一种自我进步和升华

最近公司传得沸沸扬扬，说副总很快要退休了，老板想从中层管理者里面挑选一个接替副总。公司里面公认最优秀的，就是徐白和周泽两位部门领导了。

当传言到了周泽耳朵里面的时候，他仅仅是付之一笑说："尽人事、知天命，老板无论选择谁都有他的道理，这不是我的工作范围。"他继续淡然地进行自己的工作。

而徐白则与之完全相反，听说自己有机会成为副总，他兴奋得几晚上没睡好。随后，他开始不断打听老板的行踪、心情、语言，并且在公司上下活动，打探周围同事有没有说什么对他不利的话，有没有什么下属在讨论，当然，他最防范的还是自己眼中最大的对手周泽。

一动一静，两个人的表现形成了强烈的对比，最终，老板宣布他选择了周泽。事后，老板向下属吐露心声时说了一句意味深长的话："做我的副手，只可以关注工作，不应该太关注其他的东西。"

老板对于徐白的活跃、积极并不认可，因为他体现出来的对权力的追逐、对职位的渴望，超过了他对工作的关注，事实上并不利于老板，也不利于自身。因此，徐白在这样的竞争中失败了，他败在过于追求的心态，而周泽胜在"不争之争"的精明策略上。

 修炼项目

1. 胜负最终由综合因素决定

胜负并不是由你关注的程度多少而决定，最终决定胜负地位的来自工作中的各种因素所发挥的综合作用。因此，盲目地追求成功，避免失败，想通过一两次的尝试、抑或一两点"决定性"因素来改变结果，是一种不切实际的幻想。

真正想要获得胜利的中层管理者，绝不会画饼充饥，凭空幻想出成功的模式。相反，他们只会一步一个脚印，珍惜每一个条件，完善每一个细节，通过改变过程，以追求最后的结果。

2．荣辱只是外在，目标是充分发挥潜力

既然投入了精力在工作中，那么，通过工作所取得的荣誉带给人成就感，还能满足人的虚荣心，而工作失败带来的结果会让人沮丧，甚至产生人生失败的破灭感。

其实，无论荣辱，都是附加在工作以外的东西，并不是你追求的目标本身。你应当面对荣辱均能淡然处之，更多地追求过程中个人潜力的极致发挥，而不是单纯为了满足内心的需要、外在的看法而工作。通过工作升华自身，磨炼自身，才是最好的工作理念和态度。

3．工作目的适当单纯，简单才能专一付出

所谓平常心，就应该让工作的目的尽量单纯。牵扯进太多的外部因素，工作就会失去原本的意义，变得过于复杂，消耗你太多的精力。

不妨只是把工作当成一种带薪学习的过程，学习应该通过日常的积累，面对困难毫不退却的毅力、平和的心态、充分的准备，才能取得良好的成绩。在这样的过程中，往往只有那些心无旁骛、一心投入的成员才能够获得良好成绩，而动辄三心二意不能平静参与的人，获得成功的可能性要小得多。

修炼要点

（1）学会"重视过程"。在射箭运动中，一开始初学的并不是瞄准箭

靶，而是练习最基本的运动姿势。从这个事实中，中层管理者可以参悟出什么样的道理呢？其实，目标人人都想取得，所不同的只是有的人会把对目标的渴望转变成追求的动力，而有的人永远只能临渊羡鱼而不知道退而结网。

（2）让工作目标单纯起来，就应该学会不要想得太多，做得太少。比如，出台一项新举措，还没有实行就在考虑成功以后如何扩大影响，或者失败以后怎样弥挽挽回，当你对这些问题考虑过多时，无疑同时也失去了宝贵的注意力，浪费了本应该放在关注举措上的必要时间和精力。

•12.5 会充电，更会及时放电

学习是为了更好地付出

- 自我的提升目标要便于操作
- 学习过程要点滴积累，坚持不懈
- 随时在"充电"中"放电"

中层管理者应当清楚如下的现实：从踏上工作岗位开始，学习就不再是为了获取考试卷上的那个简单的分数，而是为了让自己更加高效地工作，更加有效地融入团队，发挥重要作用，承担重要的义务。

这个现实注定了中层管理者应该随时注意保持学习的状态，同时，理应将充电目标定得简单明了、易于操作，从而便于实现，除此之外，在实现目标的过程中，还应该随时将"充电"同"放电"联系起来，以

便取得更强的学习动力和效果。

"充电"和"放电"的过程并不矛盾，只有先学习，才能将总结到的经验放进工作过程，反过来，只有不断地参与到新工作过程，学习阶段才可以获得更充分的支持。将"充电"同"放电"结合，才是对中层管理者大有裨益的习惯。

及时放电——努力运用你的学习成果

总经理办公室的侯主任是英语专业毕业的高材生，对于行政业务同自己专业一样精通，因此颇受老总的赏识。

最近，侯主任发现老总特别关注日本市场，经常同日方客户接触。在遗憾自己当年小语种选了法语之余，侯主任特意留了个心眼，开始购买书籍和教程自学日文。

日文同英文如天壤之别，从发音方式到语法结构都有不同，偏偏侯主任的英语语感又非常固定，加上三十多岁的他无论精力还是记忆力都不如以前。不过，他依旧坚持每天自学一小时，把在他看来拗口的日文念得滚瓜烂熟。

不久之后，又一名来自日本的客户来到公司，偏偏那天翻译被派到外地，而对方的翻译又因为水土不服临时生病。老板刚抓起电话想找临时翻译，侯主任已经用日文和对方交流起来。

送走客户，老板欣喜地说："没想到你还会这一手。以后继续学下去啊。"侯主任连连点头，其实，刚才同日本客户交流的结尾，对方肯定了他的日文水平，同时还指出他好几个语法错误。看来，学习的成果还是得需要事实不断地检验才能提高啊！

通过细心观察和日常积累，侯主任在关键时刻用上了自己充电获得的能力。可以说，充电的过程是漫长而艰苦的，但一切努力在你释放能量发出光芒的那一刻，都会得到充分的肯定和回报。

 修炼项目

1. 自我学习目标要合理制定

在中层管理者提高自己的过程中，往往会出现这样的情景：当你发现自己的不足之处时力求迅速改正，制定了理想的目标并积极为之努力。然而，由于将目标定得太高太大，努力起来难以实现，结果往往不能坚持，半途而废。造成的结果不仅仅是一次失败的尝试，更影响了今后的信心。

与其浪费这样的努力，丧失这样的目标，不如将自己提升的目标制定得更加现实，稳步提高，逐渐升华，从而使自己踏上更高的起点和平台。

2. 坚持，才能有充分储备

欲速则不达，"充电"的过程不可能盲目追求速度。学习提高的过程，必然是针对弱点的过程，而任何人自身的弱项都不会因为短时期的努力就可以得到充分地改变。因此，我们不妨尝试着运用自己的耐心，不断坚持提高能力、改正缺点，既不能停滞不前，又不能丧失耐心指望建立空中楼阁。只有经过充分地储备和营造，自己的"充电"才能顺利完成，取得令人满意的成果。

3. "充电""放电"，相互促进

中层管理者的工作日程总是安排得充实紧凑，实际上并没有多少时间能够留给你专事学习和提高。针对此，中层管理者应该学会把"充电""放电"相互结合，既注重"充电"，也注重"放电"，学以致用，在实践

中学习，为实践学习。

　　工作的过程本身就是学习的过程，而学习的过程反过来也是为了工作。弄清楚两者之间辩证的关系，相信你一定能就此做到两者的相互促进，共同发展。

 修炼要点

　　（1）学习的目标合理制定：应该充分意识到学习提高过程的长期性，并能为此进行充分的准备，把不同的过程经过分解变成更细致的过程，然后逐一完成其中的目标。过于笼统的目标让你丢掉积极性的同时，也会让你无法通过操作来完成。

　　（2）学习就是为了实用，因此，不要担心自己学习的程度不够而不敢付诸实际。事实上，适当地在工作中运用自己的知识，即使一两次出现错误，最终也还是能通过反馈和考察得以提高。如果总是畏首畏尾不敢使用，结果必然会导致学习过程的减缓甚至停滞，也无法真正地实现学习提高的意义。

第13章

修炼 10·超越力：
刷新纪录做最得力中层

中层管理者是企业发展的强大动力，

拥有了优秀的中层管理者，企业将具备更充分的竞争力，

同时，横亘在中层管理者面前的也有各种各样的成功纪录

通过努力奋斗，相信你必将刷新纪录，创造辉煌。

13.1　超越老板，做最投入的管理者

你只为老板工作

- 改变"与我无关"心态

- 像老板那样思考，比老板想得多

- 比老板还努力的中层管理者才会最优秀

在中层管理者的位置上，你是否曾经感觉自己日复一日地工作只是在为老板赚取更多的利润？你是否感到乏味和无力，看不到自己的前途希望？其实，这一切来自你把"老板"看得太大，从而永远无法形成对他的超越，永远停留在"老板与我无关"的心态中。

实际上，含着金汤匙出生的老板并不多，大多数老板是从基层做起，通过中层管理者的磨炼，而逐渐成为拥有企业财富的主人。在自己今天的位置上，如果你能树立积极的心态，像老板那样思考，甚至比他想得还多，做得还努力。那么，你最终会有一天超越老板，而达到自己的高度。那时候当你回头看现在的工作经历，你会欣喜地发现，你并不是只为自己的老板工作，你一直都在为超越老板而付出真实的努力。

超越老板——让高层眼前一亮的中层管理者

老板带办公室司主任到外地参加一次城际商圈高峰论坛，开幕式上，老板将要代表本市的商界发表一篇讲话。

　　老板自己写了一篇稿子，让司主任帮着修改了一下，两个人最后一起看了看稿子，觉得内容不错，就定了下来。

　　飞机上，他们很偶然地遇到了另一个城市的 T 集团的副总，他也是带着助手来参加这次会议的。两位老板和两位助手很自然地分别聊到一起。

　　住进酒店以后，老板早早休息了。第二天，司主任敲开他的房门，手上拿着一叠稿件。

　　"老板，昨天我跟 T 集团的副总助手聊了聊，发现我们原来的演讲思路不够突出本次论坛强调低碳、环保商业新理念的趋势，所以我晚上又改出来一篇，您给看看，究竟两篇哪个更适合。"

　　老板看完新的稿件，觉得很满意，同时也对司主任把事情想到前面、提前完成而感到欣慰和赞赏。

　　司主任通过自己和同行的接触，认识到老板的发言稿存在可以修改的空间，他放弃了休息时间提前改好文章，提供给老板充分选择的空间。通过将工作做在老板之前，实际上超越了老板的感知力，成为老板的"千里眼"和"顺风耳"。

 修炼项目

1. 把企业当成自己的财富

　　企业是老板和股东的财富，或许看起来和中层管理者没有什么实质的关系。但是，中层管理者应该从另一个层面来思考企业对于自己的价值，企业不仅是自己收入的来源，更是自己发展提升的舞台，只有同企业共同生存、共同发展，中层管理者才能得到越来越多的锻炼机会和发展空间。

　　拿走企业，老板或许还有其他的产业，而对于你，则是以前所有工作努力成果的丢失。从这个意义上来说，中层管理者对于企业的热爱应该接近甚至超越老板。如果始终觉得企业是别人的企业，自己只是别人的打工者，无法真正认同企业这个大集体和内部成员息息相关，那么，过分的生疏独立感，将使你无法融入企业，并最终丧失自己所追求的目标。

2．时刻站在老板的位置

中层管理者无论一言一行，包括出台的规章制度、设计的工作方案、同客户和下属交往时的态度，等等，都应该明确地关注老板的利益。

中层岗位的设置，正是老板为了自身利益而考虑，他当然希望在这个岗位上的任何人都能像他一样关心企业、关心集体。如果你能做到这一点，将会获得老板对工作的良好评价和认可。如果你能够因为时间和精力丰富，比老板更注意他自身的利益，并经常表现出来，那么，老板将对你刮目相看，超越对于一般中层管理者的认识，而提供给你更好的发展机会。

3．工作比老板还细致负责

老板负责整个企业，而你只负责其中的一个部门或者一个团队，因此，在具体环节上，你的工作态度比老板细致负责也是理所当然的。当老板在观察大的战略方向时，你应该考虑到的是其中的细节问题，当老板着手进行大的工作方案制定和履行时，你应该承担其中可以做好的一部分。老板是战略指挥家，而你则是前线指挥官，很多问题只有在前线才充分暴露出来，因此，你的工作应该比老板还要细致入微，认真负责。这不仅是两者工作特点的区别，更受两者工作性质决定。

修炼要点

（1）心态上要始终树立超越老板的意识，你才能有更大的干劲。你应该相信，老板也是人，只要你孜孜不倦地加以努力，迟早有一天也可以成为企业的拥有者。因此，当你身处中层之时，就应该时刻提醒自己朝特定方向努力和追求，而不是甘于平庸寂寞，甘于做一辈子的中层管理者。

（2）工作上要比老板细致，不仅应该切实做到，还应该及时充分地表现。比如，在工作中，不仅要注意老板经常提到的细节问题，还要多思考哪些问题是老板没有强调的，这些没有强调的问题是否就一定完成得很好。具备一定的发散思维和逆向思维，可以很好地帮助你在工作思路上以老板的要求为基础，同时能更高地要求自身工作，最终超越老板的要求，出色地完成工作。

13.2 超越员工，做最有干劲的指挥家

你只是"兵头将尾"

- 中层管理者并不是普通员工
- 你动起来，员工才会动
- 员工为谋生工作，你为发展工作

中层管理者接触最多的人，并不是客户，也不是老板，而是自己手下的员工。当你注意到应该用自己的思维和管理模式影响他们的时候，同样，他们的言行也在不知不觉中影响着你。

怎样避免自己被员工的负面因素所影响，变成基层员工的角色？你

应当时刻提醒自己，超越员工既是工作职位的要求，也是你个人获得发展的前提条件。因为凡是想要取得不断进步不断提升的中层管理者，无不在职业开始期间就能具备远大的目标和宽广的胸怀，同周围的员工有一定的区别。唯有这样的中层管理者，才能摆脱内心错误的定位，成长为成熟优秀的中层管理者。

超越员工——成为下属的偶像

还有一周就快过年了，项目组的成员心思已经飞回了各自的家乡，好几名员工都迫不及待地开始打听车票。偏偏这个节骨眼上，策划案被客户打了回来，说有不少需要改动的地方。

项目组的主管吴全接下了工作任务，他仔细看了看，问题并不是很严重，完全可以通过技术方式修改到客户满意为止。于是，他告诉忐忑不安的几名外地员工，他们可以按照公司的例行规定，提前一周回家了。

这下，几名员工的心里放下了一块大石头，他们很快踏上了回家的旅途。等到年后回来的时候，他们惊讶地发现任务修改工作已经完成了。

原来，吴全知道他们过年才能回去的不易，特意自己和两名本地员工共同工作，一直加班到大年三十，终于提前完成了修改工作，满足了客户在开年就要提交修改稿的要求。

团队所有成员都很感动，一方面，他们佩服吴主管的工作能力；另一方面，他们也同样感激吴主管的通情达理。于是，吴全在团队内的威信更高了。

吴主管超越了员工的认识，他能够理解员工急于回家的心情，但自己却毅然坚持加班。这种超越，无疑是把自己放在基层员工领导位置上来看，对自己进行了更高标准的要求，从而也获得了周围环境的更高评价。

 修炼项目

1. 认清角色，不要忽略自己的能力

工作过程中，你应该首先认清自己的角色，看重自己的能力。不要错误地把自己同普通员工划为相同的类型。你应该认识到，老板之所以把你放到领导者的位置，不是让你仅仅扮演一个和基层员工相同的角色，而是让你在自身岗位上体现出超越员工现有能力的水平，成为员工的模范和标杆。如果你难以达到这样的要求，自然等于辜负了老板对你的期望。

2. 员工一直在看你的表现

作为基层员工的领头人，其实你的一举一动、一言一行无不为下属所关注。对于你工作中体现出的失误，他们会毫不留情地看在眼里、记在心上，而对于你工作中折射出的非凡的工作能力，他们也会留意并加以学习。

所以，不要认为你只是表现给老板看，或者在为自己工作，当你发现你的工作行为会影响到员工，决定他们的工作热情和态度时，相信你对自己的工作岗位会有更深刻的认识。

3. 重视你的工作价值

重视对你自身工作价值的发掘，通过为客户提供更满意的服务，或者为下属创造更良好的工作机制和氛围，中层管理者采取各种方式，体现自身价值，为企业创造更多利润，为老板分担更多压力。

　　中层管理者的工作价值是超越于基层员工各司其职的操作过程的，你应该为自己的工作价值感到自豪，而不是无所谓的麻木不仁，更不是故意将自己的工作价值贬低到简单的"看守""传声筒"之类的角色。

　　一个人对自己的工作价值如何认识，会影响到他最终的工作成绩。只有首先对自己工作价值有自信的中层管理者，才会真正地超越普通员工，去做好自己本职工作。

 修炼要点

　　（1）对自己的能力要有充分的自信，不要盲目自卑，认为既然身处基层员工之中，自己也注定永远只是一个"跑腿"的角色，无法获得更大的发展平台。其实，你应该始终把现有的位置看成一个起点，努力争取从现有的起点上提升自己，而把周围的员工、下属、同事当成你提升的重要资源，你的目标是超越他们，而并非同他们永远一样。

　　（2）对自己的岗位要有高度的认可。心理学中的著名原理是：当一个人认为自己正在做的不值得做好，那么他将真的无法做好这件事情。因此，你必须要高度评价自己的岗位，充分认识其重要性，而不能忽略其价值和意义，从而导致自己永远无法超标准地履行岗位职责，更谈不上超越一般的员工。

13.3 超越团队，做看得最远的领头羊

你只能受限于团队

- 团队需要引领者

- 多数人的看法并非永远正确

- 理论和事实并重说服团队

企业的运作离不开团队，中层管理者的工作更离不开团队，失去团队，企业将无从经营发展，而中层管理者也会失去所有的支持动力。

但是，团队拥有重要的意义，并不代表着中层管理者无法超越团队，无法摆脱团队的负面影响。事实上，领导团队，必须要具备超越下属的动力，才能站得更高，看得更远；具备超越下属的能力，才能想得更及时，做得更成功。如果满足于符合团队的基本要求，达到团队的基本水平，甚至工作上浅尝辄止，处事上和光同尘，那么，你将始终无法摆脱团队带给你的瓶颈制约作用，难以形成有效成长和突破。

超越团队——让自己成为引导的力量

人事部经过层层的淘汰，最终留下了应聘本部门职位的小 A 和小 B 的简历，几名员工共同讨论的结果，是建议聘用小 A 而不是小 B。

但是，仔细看完了两人简历的主管倪雄，决定聘用小 B。

大家很不解，纷纷询问为什么，还有人说，小 A 大学牌子硬，专业是人力资源管理，同时从业经历也丰富。而小 B 这些方面没有一样

比得上他，为什么要聘用这样的新人。

倪雄微笑着说："各位，你们说的都有道理。不过，从概率上来说，我认为小 B 更符合这份工作。"

看着大家的奇怪表情，倪雄继续说："小 A 专业好，大学牌子硬，可是，我在他的从业经历上看到，每隔一两年他就换一家公司，好几家公司都做过，也没取得什么成绩；小 B 不同，他专业跟我们关系不大，大学牌子也不行，但是他专注在一家公司做，已经从业务员做到主管助理了。我相信他过来以后学做人事管理也会很快，小 A 嘛，我没这个把握……"

这样一说，整个团队都感觉颇有道理，于是他们开始转而支持小 B。最终，新加入的小 B 稳重踏实的工作状态，也说明倪雄所言不虚。

当团队成员大多数不同意你的意见时，你该怎样做？倪雄的表现给我们正确的启迪，那就是，坚持自己正确的思路出发点，坚持正确的工作方法，用理论和事实来说明自己的正确性，从而获得原本不同意人群的支持。

 修炼项目

1．走在团队的前面

团队是你的支持力量，但是，中层管理者和团队关系处理得不得当，忽视了团队可能存在的负面效应，往往会被团队成员的错误思想和看法所影响，让你的思维速度被团队所影响，甚至落后于团队。

团队需要有引领者，在日常工作之余，你不仅应该看到团队的成绩，还应该能看到团队的不足，并提出相应的解决办法，从而为团队设计出有效的路径，达到更高的目标。

2. 不要轻易附和他人意见

团队中的意见往往众说纷纭，各有见解，如果中层管理者"耳根软""跟风倒"，对人数多的说法就深信不疑，而对与之相反的就不能肯定，甚至连自己原本相信的看法都会因为他人意见而动摇。那么，这样的中层将反过来为团队所引领操控，失去了老板将你放在这个位置上的本意。

可见，不要轻易附和他人意见，既是保持独立人格的必要条件，也是中层管理者充分发挥带队作用的重要前提。

3. 反馈——既注重理论引导，也看重事实说服

超越团队的最终目的不是为了显示中层管理者的个人能力，而是更好地管理和带领团队成员，要通过不同的方式进行引导和说服，从而达到加强团队凝聚力的目的。

比如，通过理论引导，可以解决团队成员对工作方法的不理解、不支持，达到相互促进、相互帮助的目的。通过事实说服，可以让团队成员看到立竿见影的效果，从而赞成你的工作方法。

总之，超越并不代表工作的结束，而仅仅代表中层管理者工作的开始，只有当你超越基层，又能回馈基层的时候，你的中层管理境界才最终达到"看山又是山"的高层次，高水准。

 修炼要点

（1）走在团队的前面，必然意味着你比团队的其他人要付出更多。当团队成员在休息娱乐的时候，也许你在伏案工作；当团队成员在从事眼前工作的时候，或许你看到了更深刻长远的目标。满足于只付出团队成员的平均努力，会让你没有任何可以超出团队成员的特点，从而无法

带给他们更多的进步。

（2）不同的团队成员需要不同的反馈方式。思维较全面理性的下属，适合用理论分析来强调你的看法，让他接受你的观点，而侧重感性，思维方式比较直接的下属，则应该重点依赖于事实的表达让他赞同你的工作方式。巧妙地选择好不同的反馈方式，对于领导和带动整个团队的成员，有着相当重要的意义和作用。

13.4　超越"苦干"，做智慧型中层

你只能当"苦干者"

- "时间换成绩"，想法不可取
- "汗水换认可"，做法不现实
- 巧干加苦干，智慧决定前途

对于中层管理者来说，苦干是必要的。在缺乏有效条件和氛围的情况下，苦干能够形成工作的优势，带来相应的成绩。但是，工作中只会苦干，缺乏有效的思考，将使自己的工作方法永远只能停留在以时间和汗水获取成功的低层次，难以达到通过提高工作效率、改变工作方法来获得成功的高境界。

工作并不是拔河比赛，并非某方人多或者力气大就可以获取胜利。工作更需要智力的投入，需要思维的活跃，更需要主动出击，寻找机会。当环境需要你充分加以表现的时候，应该果断表现和展示，从而达到事

半功倍的良好效果。

超越"苦干"——工作并不是拔河比赛

公司新的副总是从 K 公司调来的，他向来以对手下的高要求闻名，听说到职不久，他就会要求每个部门的中层干部提交一份述职报告给他。

江主管听说以后，赶紧开始撰写述职报告，在牺牲了不少休息时间以后，几易其稿，终于写出了自己满意的报告。虽然耽误了一些工作效率，但是江主管还是很高兴自己可以提前做好准备。

几天后，副总要求大家提交述职报告。江主管和别的主管们一起提交了自己的报告，看着自己最不喜欢的华主管，心想，他好像从没准备过这方面的东西，怎么交？

没想到，第二次工作会议中，副总点名赞赏了华主管，说他的报告思路清晰、头脑清楚。江主管感到奇怪，为什么从没看到过华主管准备报告？

不久之后，江主管才知道，华主管早就从 K 公司的朋友那里搞到了副总曾经表扬过的报告范本，有了这个"法宝"，轻松写出为副总认可的报告，也不是什么难事了。

看来，江主管的辛苦，抵不上华主管的头脑，当江主管不断修改漫无目的地撰写报告时，华主管从一开始就有了明确的工作范例和榜样，因此，才得以取得轻松而高效的工作状态与结果。

修炼项目

1. 提升效率，发挥单位时间工作能力

有时候，中层辛苦的加班会得到领导的认可，有时候的加班却会让

领导质疑你上班时间究竟在做什么，进而怀疑你的工作态度。

事实上，工作效率远远比你的工作总时间重要，拥有良好工作效率的人，他们背负的压力看起来似乎并不大，而总能取得良好的成果，而相反表现的员工，往往像蚂蚁一样繁忙，却取得不到任何的劳动果实。

2. 找准方法，否则出力不讨好

拒绝苦干的另一个重点途径是找准工作方法。工作方法应该有明确的针对性，并不是所有的工作方法都适合于同一个目标，而反过来，不同目标的工作方法也有各自的不同。所以，在着手进行工作之前，花一点时间分析对象的特点，改变你自己的方法，是绝对必要的步骤。

3. 行动前思考，工作中总结

行动前不要过于急躁。有的中层管理者只能看到事物中有利于自己的一面，憧憬着向往中的成功，而不能分析出其中的不利因素。贸然的行动带来的失败往往让人措手不及。加之不善于总结，就无法有效得出正确的经验，结果会一次次犯下相同的错误。

事实上，有效思考之后的行动，才能超越"苦干蛮干"，形成自身的特色。

 修炼要点

（1）想找准方法就需要找到问题的关键，不同问题的解决关键各有不同，有的在于步骤内容的不同，有的在于人力资源的差异。因此，积极主动地找到问题关键，就接近于拥有打开成功之门的钥匙。

（2）提升效率，需要你整理自己的时间表，从中划分出工作效率最高的时间段；同时，还需要你能够计划好自己的工作流程，从中找出不利的步骤并加以改正。总之，在你"苦干"之前，应该先专注于提升效率的方法，或许你会发现，其实自己也可以轻松一点高效一点来完成更多的工作。

13.5 超越"平庸"，做最有创意的领导

你只能做到"平庸"

- 工作要有出彩时刻
- 能力要有出色之处
- 想法要用出奇部分

在某些员工眼里，平庸可能并不算什么错误，但是，平庸是一种致命的状态，它能够消磨你的工作意志，扼杀你的工作激情，减弱你的工作敏感，并最终让你无法脱颖而出，成为只能庸庸碌碌从事繁杂事务性劳动的所谓中层管理者。

真正具有影响力的中层管理者，他始终不甘于寂寞，愿意在企业的各种重大事务中发挥自己的能量；他始终不甘于粗枝大叶，而是愿意在企业的不同工作细节上找到正确的处理方法；他更不会满足于能够成为名义上的团队组织和管理者，而是要身先士卒、率先垂范，发挥其他中层管理者所发挥不了的作用，提出其他中层管理者所难以设想的方案。将不可能变成可能，将失败变为成功，将梦想变为现实，这就是永远超越平庸，追求领先的中层管理者所独有的画像。

超越 "平庸" ——让他人能在过程中记住你

某医药公司为各地的业务代表每年做几次培训，共同探讨营销之道，负责做培训的是不同的销售策划小组，轮流负责，以提高大家的参与度。

郭群的小组将负责这个季度的培训，郭群觉得，这是一次重要的机会，因为参加培训的是来自全国的业务代表，还有公司的高层也会参加。

为了体现出本小组的特点，郭群精心设计了讲义，穿插进精彩的故事，安排了充分的视频资料，尤其出色的是，他还安排了互动环节，让听众和本小组的员工扮演业务员和客户，进行模拟销售。这下，习惯了以往单调乏味听报告的业务代表都兴奋起来，他们觉得这种培训方式很有趣，争着上台参加活动。

两天的培训很快过去了，业务代表们觉得收获很多。连参加时间不多、却目睹了活跃场面的领导们，也对郭群留下了深刻的印象。

郭群超越了平庸的表现，将人们印象中的平板枯燥理论性强的培训，变成丰富有趣而充满互动的过程。通过有效地提升培训对象的参与度，从而加强了培训的效果，同时，也让更多的人记住了自己和自己的团队。

 修炼项目

1. 把握重要时刻表现自我

改变自己平庸形象的最有效办法是在重要的时刻表现自己。

通常，正常的工作节奏下，各司其职，各谋其事的工作环境中，老板并不一定能注意到某个中层管理者，如果长期在这种节奏下工作，你势必会越来越沉寂，难以显示出独特的自我。有鉴于此，你应该珍惜难得的表现机会，在老板最需要有人表现的时刻挺身而出，做出自己应有的贡献之外，带给老板更多的惊喜。如果能成功地做到这一点，你将拥有自己的"难忘时刻"，并因此获得更多人的瞩目。

2. 提升自我，练就独特的技能

想要摆脱平庸形象，还需要你练就出自身为人所不能及的一面。俗话说，"一招鲜，吃遍天"，拥有独特的工作技能，或者别人所没有的人脉，能够帮助你在工作过程中扮演重要的团队角色，带来稳定的工作表现，受到上佳的工作评价。比起没有特长，只能按照计划和命令做出工作，有着很强可替代性的那些中层管理者来，这样的中层管理者将更具有吸引力和说服力，他们的表现也更容易受到他人的认可。

3. 工作停下来，思维不要停

聪明的中层管理者在工作时动脑，休息时也会动脑。无论是不是身处办公室，都并不妨碍你的思维。对生活中点滴的观察，对细节上充分的把握，能够让你具有过人的感知力和分析力，常常能见人所不能见，知人所不能知。

这样的中层管理者，必将因为他充分的想象力和敏锐的思维，受到他人的瞩目，当他人感觉你不是一个普通的工作者，而是一个时刻能提出新颖观点和看法的员工时，你的职场形象也就在此过程中一点点累积起来。

 修炼要点

（1）重要时刻的到来往往并不是你预料之中的，比如，重要的会议、客户的来访，等等。因此，临时抱佛脚的准备没有什么意义，想要在重要时刻能够发挥闪光作用，就应该注意平时的积累，同时具备关键时刻毛遂自荐的勇气。

（2）任何时间你都可以思考工作。不要养成惰性，总是急于在下班时间到来时逃离办公室。真正的优秀员工无论身处何时何地，都可以通过思考为工作留下充分的余地，进行积极的准备，而不是过分现实地把"工作"和"生活"分得泾渭分明，这种自以为现代的想法，其实并不为现代企业所认可。

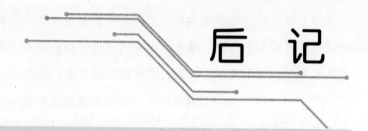

后 记

做企业里最强大的中流砥柱

　　每个人都有属于自己的能力和潜力。能力决定你现在的工作状态和平台，而潜力则决定你的未来。

　　因此，如果你仅仅满足于自己目前的状态，而不能预判到自己一年或者几年以后的发展目标、工作环境，那么，你将无法把握自己的工作进程，更谈不上成为企业中强大的中流砥柱。

　　所幸的是，在认真阅读完本书以后，相信你将能对以下这些问题有一个清醒的认识：

　　究竟什么是中层管理者？

中层管理者应该做什么？

中层管理者应该怎样做？

对于第一个问题，本书给出的答案是：中层管理者是企业中不可或缺的角色，他们在企业中承上启下、在工作中承前启后；同时，中层管理者是老板的重要依靠，是员工的重要引导，更应该是超越自己的角色。

对于第二个问题，本书的回答是：中层管理者首先应该做有利于企业和老板的事情。无时无刻不把企业和老板的利益放在第一位置，而不是受到其他因素的影响，导致对工作心态的破坏。同时，为了实现这些利益，作为中层的你更应该对员工做出技术上的支持、思想上的引领，从而保证工作中始终能够保持正确的方向。

对于第三个问题，本书认为：中层管理者想要努力得到成功，必须要学会学习与反思，反思是学习前必要的准备，而学习则是用来检验反思效果的重要过程。反思和学习并不矛盾，而是相互促进、相互协调，共同形成修炼能力的过程，发挥出最大的合力。

知易而行难，中层管理者所接触到的工作常常带有其单一、规律和习惯性，如果不注意在日常生活中积累，常常会陷入"知道，但是做不到"的矛盾中去。有鉴于此，本书建议读者在反复阅读本书的过程中，能够不断对比自身在工作中遇到的困惑与矛盾，以书本中的知识，有针对性地指导自身行动，克服懒散、懈怠、随意等性格弱点，尽量形成细致、专注、负责的工作习惯，培养一个好的工作习惯，往往能无形中解决掉很多工作中的困难。

世界上没有一帆风顺、事事如意的成功，同样成为优秀中层管理者的路是曲折而艰辛的，并非所有的人都能坚持到底。因此，你必须心中怀有强烈的信念，坚信自己一定能够做到与众不同，遇到问题时不骄不躁，遭到打击时不卑不亢，既拥有对自己强烈的自信，同时也抱有谦虚谨慎的工作态度，让自己成为企业中流砥柱之前，首先拥有一颗"勇敢的心"来面对即将到来的责任。

成功之路永远只会为胆大而心细的人开启，永远只会为对自己负责、对他人负责的人铺就。亲爱的读者，从你合上本书的这一刻起，不妨回顾过去、把握现在，从而有效地改变未来，带着梦想上路、带着理念飞翔，用辛勤的耕耘去上下求索、用闪光的智慧去左右逢源，寻觅适合自己的发展方式，成为团队中那老板倚靠、下属崇拜的中流砥柱，成长为企业中人人钦佩、须臾不可缺失的最重要的中层管理者！